①蓬生　末摘花を再訪する光源氏

②横笛　赤ん坊に授乳する雲居の雁と、心配そうな夕霧

③夕霧　雲居の雁が、嫉妬にかられ、夕霧に来た手紙を奪おうとする

④柏木（三）　運命の子、薫を複雑な思いで抱く光源氏

⑤柏木（一）　朱雀院が娘の女三宮を訪れる

⑥橋姫　宇治の八の宮邸で、大君・中君をのぞき見る薫

⑦宿木（三）　琵琶を弾く匂宮、身重の体でにじり寄る中君

⑧東屋（二）　匂宮に愛された浮舟を訪ねる薫　浮舟は泣いて会おうとしない

ほろよい源氏ばなし

HOROYOI
GENJIBANASHI

山口遼子
YAMAGUCHI Ryoko

文芸社

挿絵　伊藤 知子

目次

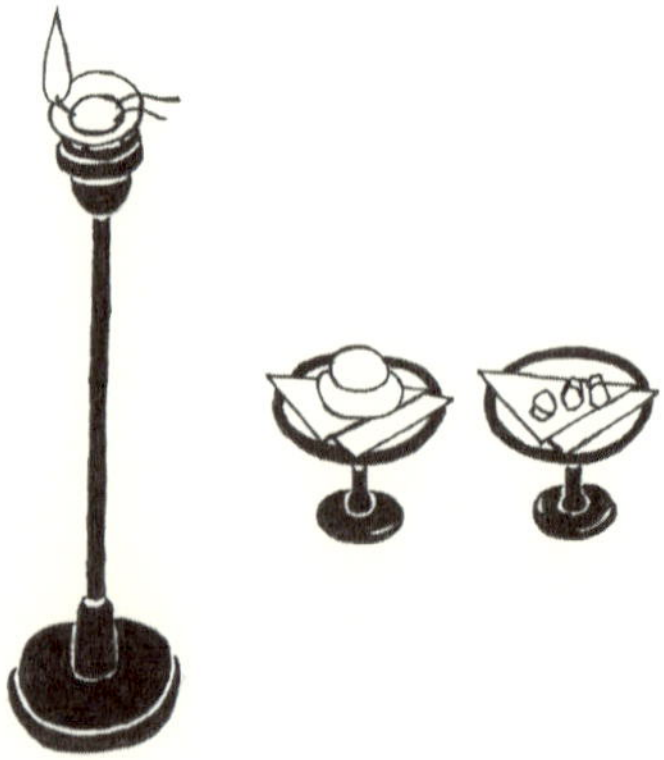

巻の一　『源氏物語』　好き？

私の親しい中年男性が言ってました。

「源氏物語、何度かトライしたんだけど、『桐壺《きりつぼ》』の途中で終わっちゃうんだよね、つまんなくて」

けっこう読書好きな彼なのに、なぜなのか？

私流に考えてみると、それは「桐壺」の巻は「昔物語」として閉じた世界だからなんです。ここに出てくる桐壺帝や桐壺の更衣《こうい》は、人間としての個性がない。決まりきった昔物語の中の役割を、ジオラマの中のお人形みたいに演じているだけなのです。

帝《みかど》の寵愛《ちょうあい》を一身に受けたものの、宮中の女性たちのイジメに耐え切れず、病気になってしまった桐壺の更衣はお里に下がり、そこで自分の命と引き換えに、世にも美しく非の打ちどころのない皇子《みこ》、光君《ひかるきみ》を産みます。ここまでは「物語」です。

さて、光少年はさびしい生い立ちでした。一番愛情を求めたい母は亡く、父帝は愛してくれるんだけど、その地位のやんごとなさでは、親しく親子の交わりもできません。

ところで桐壺帝は、最愛の女性に死なれて後も、彼女のことを忘れられずにいました。が、ある宮家に、亡き人にそっくりの姫がいると知り、彼女を迎え入れ、「中宮《ちゅうぐう》」の位につけます。たくさんいる妃《きさき》たちの中のトップということ。「藤壺中宮」と呼ばれます。

光少年も小さい時は、お母さまにそっくりといわれる藤壺さんにかわいがってもらっていました。

けれど藤壺さんはだんだんとよそよそしくなっていきます。なぜなら、光少年は思春期を迎えてから、藤壺さんに恋心を抱き理想の女性として憧《あこが》れを持つようになったからです。

心の中では、藤壺さんも光少年を憎からず思っていたかもしれません。けれど自分の立場を考えれば、子どものころのようにかわいがることはできません。藤壺さんはけっこう早くから光少年を警戒していたのでした。

ところが！　もう元服も済ませ、結婚もした光少年、いや光サンは、ある夜藤壺さんの部屋へ入り込み、思いをとげてしまいます。そしてあろうことか、藤壺さんは妊娠してしまうのです。たいへんだー！

ここから、長い長い『源氏物語』の小説的展開が始まります。登場人物それぞれが個性を持ち、生き方を決める、あるいは生き悩む。だから光サンが動くと、まわりの人々がそれぞれ反応し、世界が移ろっていくわけです。

それにしても、男の子が幻想の中の母親を恋人にしてしまうって設定は、すごい。十九世紀にフロイトが「エディプスコンプレックス」という言葉で表した心のありようを、千年以上前に、こんな形でスラっと書いてしまうんですからねー。

紫式部の時代には小説という概念はなかったでしょうが、彼女は「物語」のもつ重要性については確固たる考えを持っていたようです。

光サンは（ずっと後になりますが）、最愛の妻である紫の上を、「女性ってのはありもしない物語に夢中になるんだね」とか言ってからかいます。この時代の男は難しい漢籍なんかでいろんなことを学ぶわけですが、絵空事である物語はあまり読まないようです。それでも、二人で何やかやと議論したあとに、光サンに、「現実にはない物語の中にこそ、人生の真実が書かれてるのかもね」と言わせています。

現代でいえば、心理学者の河合隼雄《かわいはやお》先生のようです。

『源氏物語』は、教養の高い人のためのお話ではありません。少女マンガかレディコミかって、内容はほとんどが〝恋バナ〟であり、家庭内のごたごたであり、ちまちました宮廷のあれこれなんです。

というとおじさんたちは「やっぱりなあ、だからヤなんだよ」と敬遠するでしょうが、自分たちだってけっこう好きなんじゃないですか？　噂話《うわさ》。どこの職場にだってケチくさい職場内政治はあるだろうし、親は子のことで、子は親の仕打ちで悩んだりします。現代のわれわれと大差ない世界なのです。王朝物語なのに、普遍的なんですね。

ところで、ビール片手に「ほろよい源氏ばなし」を始めるに当たって、基礎的なことだけメモしておきます。

まず、帝（天皇）がいます。そしてこの人の血筋の家を「宮」家と呼びます。ここまでは皇族です。

次に「殿上人《てんじょうびと》」といわれる貴族たち。こちらは、何軒もある藤原さん一族が代表的ですが、実は皇族であるべき人もたまにいます。

なんといったって光サンがそうなのです。天皇の皇子に生まれたけれど、母親の実家には力がない。帝は「この子ならやっていけるだろう」と考え、「源《みなもと》」という姓を与えて、皇族をやめさせ、臣下とします。

これを「臣籍降下《しんせきこうか》」といいます。実際にも源姓の人は歴史上にも何人かいます。

また、帝には大勢の妃に当たる女性がいます。そのトップの方を中宮（皇后）といい、それに次ぐのが「女御《にょうご》」。身分の高い貴族のお姫さまがこの人たちです。

そのちょっと下には「更衣」という女性たちがいて、彼女らは帝のお衣装係という役目のようです。そのほかに公務員である女官たちと、そのトップに当たる「尚侍《ないしのかみ》」というお役目もあります。

ただ、帝はこれらの女性全部に対して性的な権利を持っています。私は公務員だからダメ、ということはないのです。

あと、「女房《にょうぼう》」という女性たちが出てきますが、これは奥さんという意味ではありません。平たく言えばお手伝いさんのような存在。宮中に仕える人もいるし、ふつうの貴族のお宅に住み込む人、通う人もいます。

京都御所は、この当時から明治になるまで、帝のお住まいでした。よく写真で見る「紫《し》宸殿《しんでん》」は表の御座所。

そしてその後ろ側に、いわゆる後宮（後ろにあるからそういうのかどうか知りませんが）があります。ここは帝のお妃たちのマンションみたいなもので、各部屋に優雅な名前が付いていています。

桐壺の更衣がいた部屋は「桐壺」。そのお庭に桐が植えてあったからかな？　ほかに梅壺とか藤壺とか、弘徽殿《こきでん》、麗景殿《れいけいでん》など、いろいろあります。

京都御所見学ツアーに参加したことがありますが、私が一番見たかった、この女性たちのお部屋は見られませんでした、残念。


源のナニガシという名前になった光サンは、藤原さんの左大臣家のお婿さんになります。ここのうちの長女の葵《あおい》さんが奥さんです。

ところで、葵さんは少しだけ年上なんだけど、せいぜいミドルティーン。そして光サンはたぶんローティーンです。こんなんで「結婚」できるの？　ですよねえ。

大きな声では言えませんが、この時代の貴族はたいてい乳母（乳人《めのと》）に育てられます。が、ママに代わってお乳を与える乳母は、「性教育」も行うのだそうです。男児の場合は自分の体を使って実地に。

うわーちょっとやめてぇ、って感じですが、仕方ありません、大昔のことなので。

一旦元服して一人前の男になると、彼はたいてい女性を漁《あさ》るようになります。これも貴族社会では当たり前のことなのでしょう。

左大臣家に婿入りした光サンは、ここのうちの長男、頭中将《とうのちゅうじょう》と無二の親友となります。いろんな意味で、彼とは深い縁《えにし》が続いていくことになるのです。

コメント

○ミイ

数十年前、六条御息所《ろくじょうのみやすどころ》と葵上の「車争い」の場面を、主語のない原文に沿って解説を受けました。読み飛ばしてしまえばそれまでの、どうということもない一言に登場人物たちの微妙な心理の揺れが表現されているのだと説明され、オッタマゲタものでした。

谷崎潤一郎訳では何だかわからず、与謝野晶子訳で何となく理解し、瀬戸内寂聴訳で納得しました。田辺聖子訳の「大阪のあんちゃん」源氏はちょっとだけ読みました。

浮舟《うきふね》だっけ？「こうすればこちらに障り、ああすればあちらに障る」と悩んでるうちに流されていってしまうところなぞ、「千年前も、式部をはじめ衣食足りた人たちは、現代人以上に繊細な神経を抱えていたんだ」と、感心させられました。

生活に追われていると、とても人の気持ちなんざ構っちゃいられない。貧しーなァ。

○遼子
ミイさん、いろいろありがとう。

「あんちゃん源氏」は、一応京都弁だったような。

六条御息所は大好きです。お友達にしたくはありませんが、小説の登場人物としてはいいですね。

浮舟も好きだなあ。結局、式部はこの人を描きたいがためにこの小説を書いたんじゃないか、とすら思えてきますもん。

○キャリママ
源氏物語って、教科書で読んだ程度なので、ちょっと敷居が高いです……。

でも、子どもで、にわとりだか雀《すずめ》だかと遊んでたのは紫の上でしたっけ？　その娘《こ》好きでした。妻になる女性を子どものころから育てるっていうのに共感したティーンエイジャーの私は、そのころからオヤジだったのでしょうか？

○遼子

キャリママさん、教科書で読んだので十分。日本の子どもたちはすごいです、こんな世界的作品のこと知ってるんだから。

「せっかくつかまえた雀の子を犬君（いぬき：お遊び相手の女童《めのわらわ》）が逃がしちゃった」とベソをかいて、「なんて子どもっぽい」とおばあさまに叱られてたのは、後の紫の上ですね。なんか、すごくヴィヴィッドないいシーンだと思います。式部もママだから描けたんじゃないかなあ。

でもいきなり「妻」にされちゃった紫ちゃん、ショックで三日くらい寝込んじゃった。やっぱりヤですよこういうのは。今なら犯罪ですよ。

○ヤジロベー

あのー、僕は全然知識がないので、変なことききます。桐壺の更衣っていうのは女性ですよね、それでそのときの天皇が桐壺帝って、なんかおかしくないですか?

○遼子

そうなんです！　もう慣れちゃったけど、昔は私もそう思ってました。確かに変なんです。天皇の呼び方は、存命のうちは「今上《きんじょう》」とお呼びします。明治天皇とか大正天皇というのは、亡くなった後につける「おくり名」というのですね。

おそらく「桐壺の更衣」と恋仲だったから、物語としての便宜上、そう呼ばれてるのではないでしょうか?

巻の二　ほろよい姫

「源氏」に出てくるいろんな女性の中で、今宵私を訪れたのは、春も盛りの今にふさわしい「朧月夜《おぼろづくよ》」の君。

私この人、「源氏」中で一番セクシーなオンナだと思うんですね。といってファム・ファタールというほどのノワールな感じはない（キーパーソンの一人ではあるが）。

彼女と源氏の出会いは唐突です。

宮中の宴《うたげ》の夜、酔っぱらって歌いながら歩いてきた彼女を、いきなり光サンが横の部屋へ連れ込んじゃう。

「何すんのよお〜」くらいは言ったかもしれませんが、何しろ相手が光サン、

「オレ、ここじゃカオだからさぁ、何したっていいってことになってんの」だって！

ちょっと下品だけど、下々語《しもじもご》に翻訳すればそんなもん。

で、こわくって声も出ないのが純な姫さんなら、この朧月夜の姫君は、

「あっ、そう、じゃ、まいっか」とばかりに意気投合しちゃうの、瞬時に。実際の文章で

は、そこまで大胆ではないですけど。

そうとうすれっからしじゃん？　と思われるかもですが、この姫君は当時一番の権力者、右大臣家のやんごとなき姫君なんです、実は。

それにしても、こういうこともあるんだから、ふつうなら女房くらい従えて歩きそうなのに、一人で、しかも酔っぱらって、って自由過ぎな姫さまです。


話はちょっとさかのぼりますが、光サンが生まれる前の右大臣家というのは、ライバルの左大臣家をうーんと圧倒する権勢だったのです。どっちも藤原さんだけど、この時代はまるで別の家のように権力争いをする。ただし武力ではなく、閨閥《けいばつ》戦というか、心理戦というか、まあいろいろ。

右大臣家の権力の拠《よ》って立つところは、光サンの兄の東宮《とうぐう》（皇太子・後の朱雀《すざく》帝）、彼を産んだのが、右大臣家の長女、弘徽殿の女御という后《きさき》だったわけ。

コキデンさんは、帝の寵愛を受ける光サンの母をいびりにいびるから、この物語随一の悪役みたいな女性ですが、実父の右大臣もたじたじとなるほどの政治家で、自己主張がはっきりしている。

では、これほど権力志向で気の強い母の息子の、次帝朱雀ちゃんはどういう男の子だったのでしょうか？

お察しのとおり、これがまたすんごく気弱で、常に、

「ボクってどうせダメなんだもん、ブオトコだし、バカだしい、ぅぅぅ〜」

なんていうオトコノコなんです。そこまでひどいわけじゃないし、いいところだってたくさんあるんですがねえ。

なのに、というかだからこそ、強母コキデンは、年の離れた妹の朧月夜に、

「ちょっとあんた、うちの息子んとこの女御になるのよ、それで一番早く男の子産むのよ、わかった⁉」

かなんか言ったに違いないのです。この時代は叔母と甥《おい》の結婚なんて別に問題ないですから。

そのとき、朧ちゃんはブランデーかなんか飲みながら、

「うー、わぁったー」（分かった）なんて言ったかも。

だけど心の中じゃ、

（いやだよ、あんなウスノロなんか。あー、早くいいオトコ確保しとかなきゃー）

とか思ってたんじゃないかと、私は思うんです。

光サンと、この魅力的な帝花嫁ナンバーワンの彼女との情事は、彼女が入内《じゅだい》したのちもずーっと続いちゃって、ある日、右大臣に見つかっちゃう、それも現場！

また、そのときの光サンのふてぶてしい態度が火に油、でした。

で、これが原因で光サンは中央政界から退く（謹慎する）ことになり、当時はとんでもないイナカの須磨《すま》へ隠遁《いんとん》することになります。いわば自主的島流し。

朧ちゃんはというと、ま、いわばキズ者なんですが、それでも朱雀さんはやさしい人なので、「こんなステキな人、行っちゃヤダ」って、おそばに置いておく、のです。もう少し政治的センスがあれば、これもツカエル事件なんでしょうが、そうしないところが朱雀さんのいいところなんでしょうね。

『源氏物語』は、女性が一方的に男性の言うがままになっていた、という内容と思われる向きもありますが、あながちそうではないという気がするのです。朧月夜の君という人は、子どもは産まなかったけれど、尚侍という、女官のトップにずーっといるわけです。並みの不良少女じゃないんですね、やっぱり。

コメント

○よっちー

高校のときに源氏物語の授業、真剣に受けてたけど、こういう内容だと知ってたら……俺の人生変わってたはずだぁ。

しかし「昔の若いもんは……」って感じです、すげっ。

○遼子

前途有為の青少年の人生を変えるほどの力が、こんな私にあるわけないじゃないですか。でもそんなこと言われると、ますます調子に乗っちゃって、どうなるかわかりませんよ！

ちゃんと研究して講義してるんじゃなくて、これまで読んだのを思い出しながら手前勝手な感想言ってるだけなんだから。

それでも「そんな解釈正しくない！」って叱られても、モトが「お話」なんですからねー、お許しを。

○マキマキ

これ、高校生に読ませたら古典嫌いがなくなるかもね。

ちなみに私は隠れ朱雀院ファンです。

○遼子

あなたとは中学生のとき、よく源氏ばなししましたよね、すごく楽しかったですよ、こんな話できる友達って他にいなかったもん。その時は酒は入らなかったけど、今と違って。

朱雀院が好きとは、読みが深い、私も勉強しなくては。

○キャリママ

朧月夜さんというのは、名前を聞いたことがあるだけ。ということは教科書には登場しないんです。高校生には刺激が強すぎるから?　ほんとセクシーですよね。いろんな姫君がいるんだなー。女官のトップだったたってことは、色だけでなく才もあったたってことですよねー。自分で映画作るとしたら誰にするか、迷うのも楽しいなあ。

○遼子

ほんと、やんごとない姫君でも、いろんな人がいるのが『源氏物語』の面白さです。

彼女は酔っぱらって「朧月夜に似るものぞなき～」とか歌ってたから、そう呼ばれてるんだけど、この名前自体、色っぽいですよね。

私の妄想ではボディもナイスで、筋トレくらいしてそうなイメージです。

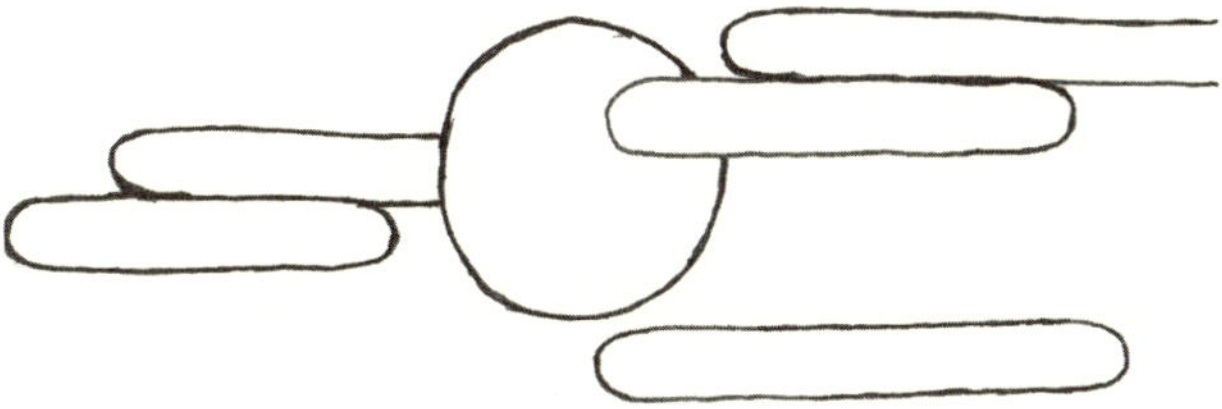
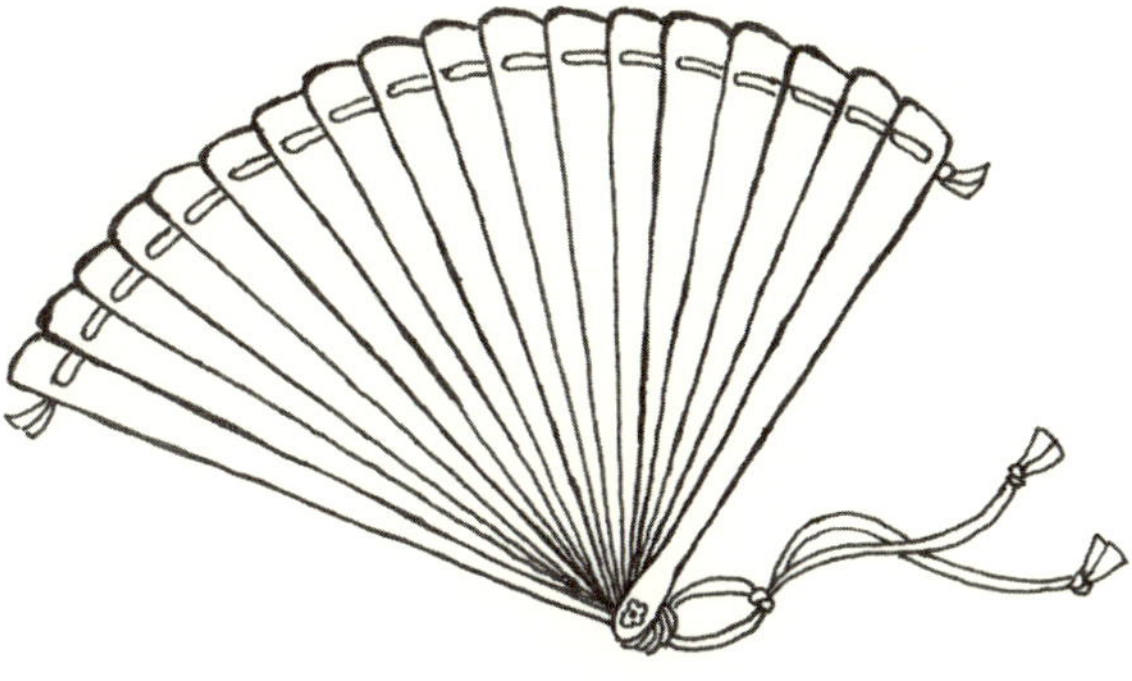

巻の三　正しい「高貴のお姫さま」道

『源氏物語』は、皇族・貴族社会が舞台だから、高貴の方々がふつうの登場人物です。

そこで本日は、中でも超セレブのお二人に登場していただきます。お供はセレブにふさわしく、ブランデーをちびちびと。

お一人目は光サンのうんと年上の恋人、六条御息所。

六条さんは先の東宮の妃で、娘も一人いたのですが、東宮は即位する前に亡くなっていました。だからフリーの女性として、光サンと恋仲になった。年齢は二十六か七くらい。対する光サンはやっとハイティーン。

この六条さんて方は、やたら美しくて、教養があって、プライドも超高いし、世間体にも敏感。だけど実はセックスは大好き、っていうか光サンに目覚めさせられちゃったんじゃないのかなあ、想像だけど。

光サンにとって、この人との逢引《あいびき》とは……。

「アタシのものすごいほどの繊細な美意識に応えられるオトコじゃなきゃダメなのよ」

ってパワーがすごいお相手。なんでもできる光サンだから、そういうハイソな要求にも応えられるんですが、だんだん逢うのがつらくなってきちゃう。疲れちゃうんだよね（汗）。デートなんだからお互いイイトコ見せようってのはわかります、でもそれも程度によるんでは？

ハイティーンの少年でありながら、光サンには正妻がいます。ご存じ葵さんですが、結婚したので「葵の上」と呼ばれます。こちらは藤原家で、貴族のトップ。格式からいえば宮家の方が上でしょうが、財力は貴族の方があるでしょうから、どっちが上かともいえないようなお二人です。

私が思うに、この六条さんと葵さん、なんか似てる気がするんです。お話の中では、光サンの北の方である葵さんが産褥《さんじょく》で寝てるところに、六条さんが生霊《いきりょう》になって現れて、その結果、葵さんが死んじゃうという、重大な展開になるのだから、いわば敵同士ですが……。

なんで似てると思うかというと、この二人、不器用もはなはだしい。というか、あまりにも正しい「高貴のお姫さま、または貴婦人」をやってるものだから、生身の人間同士の押したり引いたりができないんですね。

特に葵さんは、どうも肉声の聞こえてこない人なんですが、それだけ現実感がないままお亡くなりになってしまった、という感じを受けます。

高貴の女人は自分で何かをするという必要はないし、あがめられてることだけが正しい生き方ですから、光サンと結婚しても、相手とどうコミュニケーションをとったらいいのかわからない。第一、そういうかかわりが必要だなんて、だれも教えなかったのではないでしょうか。だから彼女は苦しかったと思うし、その苦しさを表現することもできなかったのではないかしら。

光サンはけっこうサービス精神が旺盛《おうせい》だから、たまに来てくれたら、

「あら、いらっしゃい！　今日は鶯《うぐいす》の初音《はつね》が聞かれましたのよ」

とかなんとか明るく言えば、

「そう、きっと君が梅の花に見えたんだよ」

なんて、内容は空疎でもうれしがらせの一言くらい言う人なのに。

でも、ただただ不器用な葵さんは、言いたい言葉も見つけられず、お人形みたいに座ってたのではないでしょうか。

あ、付け加えると、この時の光サンは、二条にある自分のお屋敷に住んでいて、左大臣邸には通い婚してるんです。

もしかしたら、赤ちゃんの夕霧《ゆうぎり》ちゃんを産んで生きながらえていたら、もう少し生のリアリティを持つことができたのかもしれません。でも、結局持つことができないまま死んでゆく女人だったのですね、このお話の中では。身分は高いのに、ほんとにかわいそうな人です。死にゆく直前に、初めて夫と心を通わせたらしいけれど、そうじゃなかったらあんまりです。

反対に六条さんです。この人は世間からも尊敬すべき貴婦人と評判が高いけれど、やはりあがめられるしか経験のなかった人だから、光サンともうまくいかなかったのです。ただ葵さんと違うのは、彼女は生の（あるいは性の、かも）リアリティを強烈に感じさせられていました、痛いほどに。それは、輝くように美しい年下の光サンとの情痴に、身も心もからめとられていたということです。

プライドも何もかなぐり捨てて愛したけれど、彼には北の方もいれば愛人もいる。嫉妬のあまり魂が身を離れ、恋敵《こいがたき》に生霊となって災いをなすという、自分で自分を制御できないほどの醜さをさらしてしまう、その情けなさ。

頭の良い女性ですから、理性ではわかっているのです。この恋はもともと無理なのだと。それなのに光サンをあきらめることができない。彼の前ではすべてを解放できるのだけれど、その後にくる無限の虚《むな》しさ……。これは地獄です。

自分はなぜこんなに苦しむのか？　なぜ生きているのか？　こういう疑問を持つまでに葵さんは生きていなかったのだけれど、一歩間違えば同じような人生になったかも、と私は思ったりします。

若い光サンは、こんな情念のカタマリみたいな彼女が内心怖ろしくて、なるべく訪れるのをやめていました。でも数年後、死の床にいる六条さんを見舞い、心から彼女をいたわります。

そのとき、怜悧《れいり》な六条さんはこう遺言します。

「私が死んだら娘をよろしくね。でも絶対、手だけは出さないでね」

娘にさえ光サンを取られたくなかった、という人もいますが、私は母心だと思います。

自分と同じようにマジメな娘が傷つくことだけは避けたかったのではないでしょうか。

光サンは、なんとかこの遺言を守りきりました。相当グラグラはするんですけど。

六条さん、男性にとってはコワーい女性ですが、女性読者にはたいへん人気があります。恋に苦しんだ経験のある人は、すごく共感できるのでしょうね。

紫式部にとっても、さぞかし書きがいのある人物だったことでしょう。ドラマにするなら、私はぜひ吉田羊さんに演じてもらいたいな。

コメント

○ミイ

私はどんな小説でも、登場人物に同調したり、反発したりしてしまいます。源氏物語を読んでると、低い次元で反発しちゃって、「あー、やだやだ、うっとうしい！」「現代の平民でよかったぁ」なんて感じたりします。

物語中で唯一同調できたのは、「花散里《はなちるさと》」でした。ケーキ持って遊びにいって、一緒にコーヒーを飲みたいようなお人柄。色気を捨てちゃってるようだったからかな？

もっとぴったりくるのは、夕顔の近所の下町で、かまびすしく物など売ってる庶民の女性。

にしても、貴族たちの周囲への気配りの繊細さは大したものだと思いました。私にゃとうていムリだな。

○遼子

「花散里」さんがお好きとは、いかにもリアリストで実務派のミイさんらしいですね。堅実で色恋なんぞにうつつを抜かさず、自分の役割を十二分に果たす。このお方はたぶん、友人にしたい女性ナンバーワンなのではないかしら。深くつきあえばつきあうほど、人柄が偲《しの》ばれ、そこはかとなく自分を省みさせられる……。

私なんざあ、さしずめ、「人のフリ見てわがフリ直せ」って、後ろ指さされちゃうんじゃないかなあ。

○マキマキ

葵の上が不器用なのは、高貴なお姫さま育ちっていうのもあるかもだけど、生まれ持った性格だと思うよ。だって息子の夕霧がやっぱりかなりの不器用ものでしょ。「落ち葉の宮」さえ落とせなかった濡《ぬ》れ落ち葉君！

○遼子

なるほど、遺伝説も出てきたか。同じ姫君でも朧ちゃんみたいな人もいるもんね。

こういうふうにいろんな異論が出てくるのが楽しい！

にしても、濡れ落ち葉君……。脱力しちゃう。

○よっちー

コメント欄のすっごい迫力になかなか入り込めないのですが、一言だけ。

「続編を！」

○遼子

よっちーさん、男性からの視点はとても大切です。よろしくお願いいたします。

○ヤジロベー

あのー、御息所ってなんですか？　休憩所みたいなんですが。

○遼子

あー、これは固有名詞ではなくて、東宮のお子を産んだ妃を呼ぶ名称です。きっと赤ちゃんをはさんで心が休まる休憩所みたいな役割が求められたからなのではないでしょうか。曖昧《あいまい》でごめんなさい。

「六条の」っていうのは、住まいが六条だったからです。

男性からのエール（？）はとても心強いです。男性的視点も大切。引き続きご声援を！

巻の四　同性に嫌われる女

女の子（かつては、も可）ならたいてい、「アイツだけは嫌《いや》！」という女のクラスメートとか同僚とかがいたと思います。

そういう女子の二大タイプはというと……。

①男子の前では超ぶりっ子、あるいは徹底的にオトコ受けするオンナを演じる。でも同性には不誠実、無責任、金に汚い……。

②とにかくオトコにしなだれかかる天性の才能があり、オトコがほっとけないと思っちゃうオンナ。

①は私も大嫌いです。こういうオンナに騙《だま》されて亭主にでもなった男性は、すぐと本性を現されて、たいへんな目にあうことでしょう。

ただ私も、大人になってからは②のようなタイプのオナゴも、人によってはそうキライというわけでもないこともあります。だってかわいいじゃないですか、こういう人。私は絶対になれないタイプですが（だれかに「アンタは絶対①だ！」と言われないか心配になってきた)。

『源氏物語』に出てくる②といえば、カンのいい方なら「あー、あの人ね」とおわかりでしょう。そう、「夕顔《ゆうがお》」の女です。

ある日、光サンは元乳母で、家来の惟光《これみつ》の母でもあるおばちゃんが病気だと聞いて、お見舞いに行きました。そしたらその家の隣の垣根に、夕顔の花が咲いていたのです。これは貴族のお屋敷なんぞに咲く花じゃありません、何せ五条のごみごみした下町の垣根にからみついている蔓草《つるくさ》ですから。

でも光サンは「珍しい」と、ちょっと見入っていました。そしたら来ましたね、さっそく。家の中から「これは夕顔っていうんですよ」という意味の歌が書かれた扇を持った少女が出張ってきたんです。

「おー、なんか面白いことするじゃん」って反応した光サン、

「ここのうち、だれが住んでるの?」と、ノリがいい。

それでねんごろになっちゃった(男女の仲になっちゃった)のが女主人の夕顔さんなのです。

もちろん、扇を持ってきたのは使われている少女で、夕顔さん自身ではありません。一応、彼女だって中級貴族の娘なんですから。

だけど、こんなふうに女所帯の方から通りすがりの男に声をかけるっていうのはいかがなものでしょうか？　大人になってからこのシーンを読むと、どうしても吉原とかで女郎さんたちが、格子の向こうから「寄ってらっしゃい」と誘っている様子を連想してしまうんです、これが元祖か？　ってね。

瀬戸内寂聴さんもそう言っておられたと思いますが、私は夕顔という女性はズバリ「娼《しょう》婦《ふ》」だと思うのです。「売春婦」とは違います、それは職業ですから。そういうことではなくて、常に性的関係を持った人（男）にすがって生きていく、それ以外には生きられない、というある種のタイプだということ。

たぶん夕顔さんはそういうことを欲得ずくでやってるわけじゃなく、ただただ自然にやってる女なんですね。なんか上目遣《うわめづか》いに潤《うる》んだ目で男を見つめ、言葉も少なく、たまに舌足らずな小声で、はかなくよしなし事をつぶやくっていうか。

ね、メロメロでしょうが、男なら。

「もー、オレがいなくっちゃこいつはダメんなっちまう！」ってんで、いとおしさに鼻息も荒くひしとかき抱く……みたいな。

夕顔さんが打算的な女でないことは、それ以前の経緯でもわかります。父親もいない彼女は、光サンに出会うだいぶ前、なんと彼のライバル、頭中将の愛人をやっていました。だけど本妻さんが文句を言ったものだから、夕顔さん、こわくて彼のもとから行方をくらましてしまったのです。

何かほかの方法はなかったのかなあ、と思うけれど、純情な娼婦には悪知恵はなかったのかも。または単に男に飽きちゃったのかもしれないけれど（でもそれじゃ生活に困るしね）。

で、下町に逼塞《ひっそく》した彼女は、次のパトロンを見つけるべく張ってた、というのは言い過ぎかもしれないけど、事実上そうなのです。

そうしてうまくつかまえたのが、当代一の貴公子光サン。まあそれなりにうまくいってたのですが、ある晩、一泊のドライブ旅行に行った先で、なんと彼女は頓死《とんし》してしまったのです。

なんだか怪しい古寺かなんかで情事に及ぼうとしたら、気味の悪い女の霊が出てきて、夕顔さんはショック死してしまった！　このモノノケが六条さんかどうかは、はっきり語られていません。この寺に住みついている、タチの悪い霊か何かだったのでしょうか。

光サンもこの事件ではたいそう傷つき、一説には*熱病にかかってしばらく養生生活に入るわけですが、思い出というのは、常に美しく粉飾されてしまうのですね。

生き残った光サンは、折に触れて夕顔さんがいかにいい女だったかって回想するんですね。時には愛妻の紫の上にさえそんなことを聞かせる（甘ったれるんじゃない！）。

夕顔さんがこのとき死ななかったら、まあ、光サンのこと、ちゃんと愛人として生活の面倒は見てあげたでしょう。けれど回想に現れるほど、評価が高かったかなあという気もしないではないですね。

あー、でもそうとも言えないかなあ、こういう女性って、ほんとに男心つかむのうまいから……。

ま、私は女ですから、もう少しは点が辛い。飲み物だってタバスコいっぱい入れたブラッディマリーだ（関係ないか）。

夕顔という人は、ほんとにユウガオという植物そっくりです。蔓草ですから、何かがあればすぐにからみついて生きていく。

でも藤原家の藤のように力強くはなくて、ちょっと引っ張られれば簡単に引きちぎられて死んだようになる。ただ、意外に生命力は強くて、すぐにまた同じことを繰り返す。しかも根っこの方まで絶やされることはない。

夕顔さんは、実は根というか実《み》の方はちゃんと生きていたのです。見かけは乙女のごとくしおらしくてはかなげなんだけど、ほんとは子持ちだったのだ！

頭中将との間に、娘をつくってたんですよ、実は。

ただ、なんかこの人、愛人として生きることしかアタマにないのか、母性はゼロなんですね、物語で読む限り。

紫式部は、「夕顔」の章ではこの人が子持ちだって想定していなかったのかもしれないけれど、むしろ男との対幻想《つい》の中でしか生きられない女というのを造形した点では、大いに成功していると思います。

五条の寓居《ぐうきょ》には、どっかに子どももいたはずなんだけど、だれかが面倒みてくれるから、育児はほったらかし。今でいうなら、ネグレクト母です。

まあ、夕顔さんが愛人やらないと、子どもどころか女房たちも食いっぱぐれるから、仕方ないかも、ですが、本音は子どもよりオトコ、なんだと思います。

この人の娘は、二十年以上たって、思いがけない登場を果たします。この母にしてこの娘あり、の反対をいくような女性です、お楽しみに。

最後に蛇足を一つ。この時の夕顔さんの年齢は二十三歳くらい、光サンは十七歳くらいだったようです。

コメント

○サニー
なーるほど！　そういえば夕顔さん、思い出しました。高校受験のとき、勉強そっちのけで読んでいた気がします。

男にすがる女ですか……。僕は女にすがる男でありたいと思います（↑それもどうかと思いますが　笑）

○よっちー
なるほど。女の人の目……私は一発で参ります。

最近はそんなことはないのですが、女性に三秒でも見つめられたら、私はもう、その女性の目しか目に入りませんでした。

家に帰って一人になっても、その女性の目だけず〜〜〜っと焼き付いておりまして、この女性のために私はなんとかせんといかん！　とマジで熱く燃え上がったものです。

若いころの恋愛を思い出すと、相手の「目」が思い浮かぶ、そんな私はオカシナ奴でしょうか……。

○遼子
うふふ、サニーくんは女にすがる男になりたいのね♡。すがらせてあげたいけれど、いかんせん財力がありませぬ。

よっちーさん、オトコの気持ち、よーくわかりました。勉強になります。といっても、その勉強を生かす道はとくにありません。

○キャリママ
娼婦と売春婦は違うのですね、ふむふむ。

夕顔のように異性を頼って生きていくことができる女性は、ある意味うらやましいです。自分以外の人間を頼り切るのは綱渡りのようなもの。私は死ぬまで自由でいたいし、気も小さいので、夕顔のようにはなれませんね。

○遼子

辞書で引くと売春婦も娼婦も同じですけど。職業だけに限定するなら、やむを得ずやってる人もいますが、そういう生き方しかできない人間の「型」っていうのが、娼婦なんだと私は解釈しています。

○ミイ

ある本で、源氏物語に出てくる人で「あなたはどのタイプ?」っていうフローチャートがあったので、やってみました。

私は、「朝顔」もしくは「空蟬《うつせみ》」だって……。

彼(しょうがないからダンナ)は、「朱雀帝」もしくは「惟光」。

やっぱつまんない人生!

○遼子
ミイさんが「朝顔」タイプって、なんかわかる気がします。ほとんど出てこない姫宮だけど、堅実で絶対他人に流されないタイプ。なかなかいいじゃないですか。

「空蝉」はねえ……、あんまりうれしくはないでしょうね。

私はなんだろな、それこそ「空蝉」かも。

でも三十代でやってみたらまた違ったかもしれませんよ。今の年齢で朧月夜だ夕顔だってのはちと……（もともとナイナイ）。

還暦過ぎても「紫の上」でありえるのは吉永小百合サンくらいでしょう。

＊熱病…当時は「わらわやみ」または「瘧《おこり》」と呼ばれた熱疾患。日本固有の病気で、いわゆるマラリアのような症状を起こす。

巻の五　ファム・ポリティーク（政治的女性）

『源氏物語』の時代も今も、政治《まつりごと》の中心は人事、はっきり言えば「権力争い」なんです。で、光サンの物語の中ではどんなふうに権力争いが展開しているかといいますと、大筋では藤原家と源家が争うということです。

初めに強かったのは藤原一族の右大臣家でした。この家から入内した弘徽殿の女御が産んだ皇子が東宮となり、桐壺帝の次の朱雀帝になったからです。

右大臣家で一番がんばったのはコキデンさんでした。この女性は気が強くていじわるで、息子のためなら何だってやっちゃうという、「ヤなオバハン」です。

私もこんな人とはおつきあいしたくないけれど、距離を置いてみると、そんなにヤでもない、ような気がします。なぜかというと、彼女は自分の意志、それも「権力意志」を持っていて、それが行動原理だというはっきりしたところがあるからです。

コキデンさんは、一説には夫の桐壺帝が桐壺の更衣にベタボレしたから嫉妬したんだといわれてますが、私にはそうは見えません。それだとメロドラマにはなりますが、そんなんじゃコキデンさんの性格がつまらなくなってしまう。

「桐壺」の章より後でコキデンさんが生き生きと活躍しているのは、そんな小さい恋のさや当てに満足する人ではなくて、もっと大きな欲望をバーンと持ってるからじゃないかと思うのです。

息子が萎縮するほどの、権力に対する欲望、執着。

「帝に愛情なんてないわよ、別に。でも息子にはあるわよ、当然でしょ。だから息子が帝になって、その息子を東宮にしなくちゃだめなのよ」

それってつまり、全部自分の思いどおりにしたいっていうのがホンネなんですよ、コキデンさん。別に息子への愛に溺《おぼ》れてるわけではないんでしょ、はっきり言っちゃえば？

「息子だって道具だ」って。

「そうよ、当たり前じゃない。私はそれができる立場にいるんだしさ、ほかにやることなんてある？」

全然悪びれない。どんな手段を使うのも躊躇《ちゅうちょ》しない。けっこうかっこいいすよ、あなた。

「六条御息所なんか若いオトコに入れあげちゃって、あれじゃ自分がソンするだけじゃない。どうして相手を利用しないのか、ぜんぜんわかんないわね、私には」

なんて言ったかどうか知らないけど。

実際にはそんなに露骨に書いてあるわけではないけれど、ここまで政治に関与する女性は、ほかには描かれていません。そういう意味で異彩を放ってますね、コキデンさんは。当時こういう人がいたのでしょうか？　実際。


ただ、コキデンさんはその後失脚します。光サンを須磨に追いやって、息子の朱雀帝も操って、一時期「わが世の春」を謳歌《おうか》したんでしょうけれど、先の帝桐壺の霊の怒りに触れて、光サンを呼び戻さざるを得なくなるのです。

ここのところは微妙ですね。霊が登場したら近代小説とは言えなくなってしまうでしょ。先帝の霊が、コキデンさんを横暴だといってお叱りになるなら、どうして自分の寵愛する藤壺中宮を寝取って、あろうことか子どもまでこしらえちゃった光サンのことを責めなかったんでしょう。霊ならばすべてお見通しなんじゃないの？　と疑問も起きてこようというもの。

ただ、ずっと先の話になるけれど、光サンはちゃんと自分のしたことの報いを受けるんですね。それはおそろしいほど、理にかなったものなのでした。

まあ、だから、光サンにはまだやるべきことがある、と賢《さか》しくも先帝はお考えになってこのようなことになったのでしょう。

コキデンさんほどではないけれど、『源氏物語』の中には、けっこう政治的なハタラキをする女性はいます。

一人は須磨よりさらに遠くの明石《あかし》で生まれ、光サンとの間に娘を産むことになった明石の上。彼女は非常に理性的な女人と評判の人ですが、けっこう屈折した性格でもあります。この方については、また後日、感想文を書きたいと思います。

もう一人は、光サンが墓場まで持ってかなきゃならない秘密の共有者であり、永遠の恋人でもある藤壺中宮。

この三人に共通するのは、「母」であること。そしてわが子をどう処遇するかで自分の運命が決まるという存在だったこと。

藤壺中宮の場合は、むしろ決定づけられたのは光サンではありますが。なぜなら、朱雀帝を失脚させて次には桐壺帝の子という現東宮を帝にするからです。その後ろには光サンがいて糸を引いています。

ちなみにこの帝は冷泉帝《れいぜい》と称されますが、実在する冷泉天皇とは全く関係ありません。

コキデンさん（右大臣家）が敗北した後の権力闘争は、それまで第二勢力に甘んじていた左大臣家と、光サンの源家にとってかわられます。

左大臣家は、光サンにとって亡き妻葵さんの実家であり、妻の兄で、無二の親友でライバルでもあった頭中将（この時点ではもっと上の位）が長男として将来家長となる家です。

つまり光サンと次期左大臣（頭中将）は、これから「仁義なき戦い」に入っていくのです。そこで光サン方として暗躍（？）したのが、明石の上であり、藤壺中宮だったのでした。

コメント

○マキマキ

だんだんワクワクしてきました。光源氏は須磨で都を思って、枕も浮くばかりに涙を流したって、古典の授業でやったけど、ほんとはもっとしたたかだわね。

○遼子
若い男ばかりで合宿してるようなもんだもの、体使って、けっこう楽しかったんじゃないのかな。時には、これからどうなるんだろう、ってウツウツとする日もあったでしょうが……。

この時代、男色だってあるだろうし、惟光たち家来は近所の女性に夜這《よば》いに行ったりしたかもだけど、野外活動しほうだいの環境ですから、割と健康的な生活をしてたんじゃないかと、私は考えたいな。

海辺だからって、サーフィンに目覚めちゃったり……ってのはないか、さすがに。

○キャリママ
息子が萎縮するほどの権力欲、執着心を持った女性って、時々ニュースでも聞きますよね。われわれには関係ないけど。

コキデンさんの敗北って、具体的にはどうなっちゃうんですか?

○遼子

具体的には罰がくだるということはないけど、「もう怒ってないから帰ってきていいよ」と言ったということは「降参」したわけ。朱雀さんも帝を引退せざるを得ないし、それに伴って宮廷内の支配力も一挙に下がるわけです。もう衰退の一途です。

「やったぜ！　これからはオレの時代だ！」と息巻いたかどうかは知りませんが、とにかく光サンはこれまでの若造とは全く違う、非情なオトコとして再登場します。不遇のうちに体も心も別人のように鍛え上げてきましたから（ついでに、現地妻に娘まで産ませて）。

これは私の推測ですが、光サンは都に紫の上を残していて、表面的には「愛し合う二人の悲しい別れ」となっています。紫さんは「あの人また浮気しないだろうか？」と心配ばかりしてる、みたいに思われてるけど、実は紫さんはけっこう優秀な秘書役もしてたんじゃないかと思うのです。

二人は常に書簡を交わしていました。けれどもそれは単なるラブレターではなく、都の政治情勢を伝えるものでもあったのではないかと。

もちろん、うちの中にしかいない女性には、具体的なことはわからないけれど、山ほど来ていた付け届けやら、文《ふみ》やらがもう来ないこと、手紙の返事もよこさない人などについて、ちゃんと夫に報告していたのではないでしょうか、この頭のいい女性は。だからこそ、その頭のいい夫もまた、都の事情について案外わかっていたわけ。ここでも情報戦があったという見方はうがちすぎでしょうか。

という読みならば、紫さんも政治的女性ということもできますね。

私が思うに、光サンの復帰をひそかに、最も恐れたのは、左大臣ではないかしら。それまでは愛娘の婿として丁重に扱ってきたし、長男とは大親友（その頭中将は、右大臣側からにらまれるのもかまわず、須磨まで単身光サンに会いに来る、という男気を発揮したりしています）。

けれども、復帰した光サンが、一筋縄ではいかないほどに成長しただろう、ということは、人生経験豊かな左大臣にはよくわかっていたと思うのです。

だからマキマキさんのご指摘のように、メソメソしてたはずなんかない、ってわけです。

巻の六　貧乏なお姫さま

平安貴族社会には、自分で額に汗して働いている人はいません、少なくとも中央では。彼らは地方に持っている広大な荘園《しょうえん》で一般ピープルをこき使って、そのアガリで贅沢《ぜいたく》な暮らしをしているわけです。

だから貴族として一家の主となった暁には、そういう財産管理をちゃんとできるということが、今どきでいう「自立」なのでしょう。まあ、実務は家司《けいし》とかいう執事みたいな人がするんでしょうが、こういう使用人だって忠実な人ばかりではないから、きちんと目を光らせていなければなりません。

だいたいが長子相続でしょうから、長男はしかるべきときになれば、父親から、「ウチの経済はこうこうこういうことになっとるのだぞ。かくかくしかじか……」とレクチャーを受けて、まあまあの男ならちゃんと家を維持して、また次の世代にバトンを渡していくという運びになります。相続人じゃない人は、坊さんになったり、金持ちの娘婿になったり……ですかねえ。

ところが、身分の高いお姫さまというものは、どうもこういう教育をされてない人が多かったみたいなんです（今の庶民もそうかもね）。

このために苛酷な人生を送らざるを得なかった典型が、「末摘花《すえつむはな》」さんだったんですね。

この方は貴族ではなく皇族。ある宮家の一人娘であられた。ところが不幸なことに親は早く死んじゃった。こうなると一家を束ねる人がいないわけですから、使用人の中の目端のきく者たちは、難破船のネズミのごとく逃げてってしまう。それはしかたない、だれだって生活があるんですから。中には、行き掛けの駄賃とばかりに、貴いお宝を失敬していった者らもいたことでしょう。

もちろん荘園の方だって、管理が徹底してなければ、収入は上まで上がってきません。みんなぽっぽに入れられちゃうってことに。

そうすると、お屋敷の中に残ってるのは、経済のシステムもわからなければ（わかってれば逃げちゃう）、それ以外のことでも役に立ちそうもない、雨露さえしのげればいいってくらいの雇人《やといびと》ばかり。

屋敷は荒れ放題。食べ物にも事欠き、姫さまの周囲にはべるのは、かつての栄光の日々を懐かしんでグチばっかり言ってるばあさん女房ばっかり（一人だけ、他家へ奉公替えしたけど、お姫さまをかわいそうに思って、時々食べ物なんかを持ってくる気のいい若女房もいましたが、とうていそれだけではね……)。

そんな中で末摘花さんは、毎日ぼーっと暮らしていたんです。

しかし、なんというかきわめて感受性が鈍かったのは、ある意味幸いだったのかもしれません。幸か不幸か「アタシって不幸せなのかしら?」なんていう悩みもなかったみたいだから。

——あの人が来るまでは。

「恋の冒険」という遊びに夢中になっていた光サンは、この荒れ果てた屋敷には、宮家の末裔《まつえい》の美しい姫がいて、王子様が救いにくるのを待っている、という益体《やくたい》もない妄想《もうそう》をして、ついにある夜仕掛けたのでした。

結果は、まあ夜間のことではっきりわからないんだけど、なんとも反応の鈍いお相手。でもまあ「さすが宮家の姫君、恥ずかしがっておられるのだ」なんて都合よく解釈したところ……。

が、朝の光の中で初めてお顔を見ちゃったら! あー、紫式部って残酷だなあ。

カオが長くて青白いのに、やたら長い鼻の先が垂れ下がって、しかも赤くなってる。や

せてて、座高が高い。でもなんか、こっちを頼りにしてるらしい風情が、うれしいような
キモチ悪いような……。

えーと、今日は貧乏なお姫さまについての話なんです、本筋は。だからこの末摘花さん
が多少醜かろうが、頭が鈍かろうが、貧しい暮らしを余儀なくされたとしても、周囲にち
ゃんとお膳立てをしてくれる人がいたのなら、または世間に対して自分がどうすればいい
のか考える力があれば、ここまでひどくはならなかったろうってことなんです。
たとえば夕顔さんですが、彼女は貧乏になりかけたけど、男にとって自分を価値あるも
のとしての幻想を与えることによって、生きる道を見出していました。まわりの女房たち
もそのプロジェクトチームの一員として、能力を発揮していました（扇持って出てくる少
女とか）。

皇族や貴族だからって、だれもが生活無能力者だったわけではありません。光サンの父
上、桐壺帝のおそばにはべっていた女房に王命婦《おうのみょうぶ》という人がいました。桐壺の更衣が亡
くなったときに帝の使者になったり、光サンが藤壺中宮のところへ忍んでいくときに手引
きをさせられた人でしたか。この人は女房づとめをしていても、女房名からして皇族出身
者だとわかる（のだそうです）。

さらに紫の上。実は彼女は兵部卿《ひょうぶきょう》の宮の娘でしたが、実母が亡くなると継母《ままはは》が「あの子イヤ！」っていうので、父の宮は、尼になっている実母の母（つまり祖母）のとこに厄介《やっかい》払いしてしまったのです。

光サンはひょんなことからこのかわいらしい少女を見かけ、将来は妻にという深謀遠慮《しんぼうえんりょ》のもと、拉致《らち》同然にわが家へ連れて行ったのでした。

兵部卿の宮も、年頃になった娘は政治利用できるからと、連れて行こうと思っていたのですが、光サンに先を越されました。実父のとこへ帰ったって、愛情のある暮らしではなかったろうから、やはり光サンについて行ってよかったのです。もしどちらでもなかったら、尼にでもなって生きていくしかなかったかもしれません。

ちなみに兵部卿の宮は、藤壺中宮の実の兄です。だから紫の上は中宮の姪《めい》に当たります。

兵部卿の宮は徹底してセコい人として描かれ、不遇時代の光サンを無視したりしたので、その後権力者になった光サンから、そうとうしっぺ返しをくらいます。光サンとしては、藤壺中宮や紫の上の手前、割と手加減してたらしいのですが。

紫ちゃんは、強引に光サンの「宿の妻」、最愛の妻とされたわけですが、一を聞けば十を知るほどの理解力のある少女だったので、光サンは「わが家の経済」についてもきちんと教えていたんじゃないかと想像しています。

その後彼女は、ミナモト家の刀自《とじ》（主婦）として、立派にその責務を果たしていきます。

また末摘花さんと境遇の似た女性には、「宇治十帖」の大君《おおいきみ》・中君《なかのきみ》という姉妹の姫君がいます。

やはり没落した宮家の姫ですが、しっかり者の大君は、妹の後見人として、いわば亡き父の代わりをしようとしていた節がみられます。この人なんかは、深窓の姫君でありながら、わりあいきちんと家計管理をしてたように思えます。

というわけで、貧乏なお姫さまにもいろいろあるってことなんですが、女性が自立するって、今昔通じてなかなか難しいことですね。

末摘花さんは、光サンが須磨に行ってる時代はまた貧乏になり、今度こそどん底に落ちかけました。そんなある夜、須磨から帰った光サンがある女性を訪ねようと出かけたら、なんか見覚えのあるボロ屋敷の横を通った。

「あっ、ここは！」と思い出した光サン。そう、末摘花さんの家ではないか。急遽《きゅうきょ》行き先を変更した光サン、惟光に先導させて庭から中へ入っていきました（口絵①蓬生）。

庭は荒れ放題。簀子《すのこ》も壊れかけ、右端の方にはやせ細って髪もまばらになった女房らしき人影も描かれています。

ちなみに、貴人じゃない人の横顔は鼻も描かれています。貴人は栄養が良いので、ほっぺたがふくらんでいて、鼻は見えないのです。でも、鼻がちょっと見えてる惟光さんの方が、今的にはイケてますよね。

ま、そんなわけで光サンからの援助交際も復活し、暮らしもたつようになりました。そのハズレっぷりから「んもう、まったく！」って光サンにあきれられながらも、末摘花さんの老後は安泰でした、よかったですね。

コメント

○よっちー

この光サンってすげー男だ、いまさら思う。

しかし源氏物語って、当時誰が読んでたんだろう？　社会風刺にもなってる気がするのだけど、当時の一般ピープルのほとんどは字なんか読めないし、貴族社会でしか読まれないとなると、暴露本か？　ますます源氏物語の見方が変わってきた。

○遼子

よっちーさんすごい！　こんな駄文読んでるだけで、そこまで考えを深めることができるなんて！

当時の読者は姫君や女房と言われていますが、当時の一条天皇も愛読者で、次々と楽しみにされていたとか。今の大河ドラマ「光る君へ」も、その辺、ドラマにしてくれるのでは？

『源氏物語』には、血なまぐさい話や殺人は一切出てきません（生霊によるのは別）。これは世界的にも稀有《けう》なことです。また政争の場面もそれらしい闘争は、心理戦あるいは「絵合わせ」なんていう優雅なお遊びの中で描かれるのです。

○ミイ

藤原道長は糖尿病だったのではないか？　と言われているし、都の貴族たちは運動不足のくせに精神的ストレスにさらされてたでしょうから、完璧メタボだったでしょうね。

○遼子
中年になってからはそうでしょうね。ただ、若い子はそれなりに運動してたんじゃないでしょうか、蹴鞠《けまり》だの弓だのと。匂宮《におうのみや》だって、宇治まで馬で行ってたような気がしますが。

お姫さまたちは相当運動不足だったでしょうね、一日中薄暗い部屋で寝っ転がってるような暮らしでは。人によっては、染物や織物のデザインなんかが楽しみだったのかも。

○高二のアッコちゃん
初めてお便りします。

末摘花さんて、こんなに貧乏で、どうやって生きていったのですか？　全然わかりません。

○遼子
お便りありがとう。そうですよねー、私もよくはわかりません。一応頭に浮かぶのは、売り食い（物々交換）ってことですね。

光サンに援助交際してもらうようになってから、彼女、時々贈り物や歌を書いて送ったりしています。それは格式高い家のしきたりなので、末摘花さんは皇族としてきちんとそれを守っているのです。

ただし光サンが顔をしかめるのは、それらがあまりにも流行遅れもはなはだしい着物だったり、古ーい紙だったりするからです。

つまり、広大なあばら家の中には、ものすごくいろんなものがいっぱい詰め込まれていた、と考えられる。それらを売ったり、お庭に牛を放牧してる少年に、勝手に入るな、ちょっとは礼をよこせ、とか言ってたんじゃないでしょうか。私が思いつくのはそんなところです。あ、これらのことを実際にやるのは使用人ですよ、もちろん。

○マキマキ
末摘花って、白人だっていう説があるよね。背が高い、鼻が高い、青白い、などなどで、そういう説を唱える人があるとか。

○遼子

私も何かで読んだ。唐渡りの高級な黒貂《くろてん》のコートも持ってるしね。
ただし、みんな架空の人物なんだけどね（笑）。

巻の七　光サンの子どもたち

光サンという人は、この時代としては珍しく、子どもがとっても少ない人です。公式には三人、実は三人です。え？　それどういう意味？　同じじゃない。いやいや、それがけっこう複雑なことなのです。実は……ってことで。

朱雀帝退位後の帝は、冷泉帝といわれる藤壺中宮の皇子。実は光サンの子です。この皇子が光サンの最初の息子でした。けれどこれは、墓場まで持っていくべき、秘中の秘です。

次に、最初に正妻だった葵さんが命に代えて産んだ息子は夕霧。このときだって光サンはせいぜい高校生くらいの少年で、遊びたい盛りでした。だから表面的には喜んでいたけれど、息子は妻の実家に置いたっきりで、ほとんど顔を見に行くこともなかったのではないでしょうか。彼が左大臣家に行くのは、むしろ頭中将と遊ぶためだったのでは？

夕霧くんはちょっとかわいそう。母は死んじゃったし、父はいないも同然。ただおばあちゃんの大宮はとってもやさしかったんですね、伯父さんの頭中将も子どものころはやさしくしてくれました。そのうち従兄弟《いとこ》たちもできるし、夕霧くんは、光少年ほどはさびしくはなかったかもしれません。

さて、光サンの実子第三番目は、女の子です。

彼が右大臣家の逆鱗《げきりん》に触れて、須磨へ隠遁したとき、ちょっと離れた明石という場所に、地方の金持ちのうちがありました。ここの主人は坊さんでしたが、たいへん野心家で、一人娘を絶対に都の貴人に嫁にやるノダ、と息巻いていたのでした。

娘の明石さんは、そんな父親の望みを心から肯定しているわけでもないのですが、だからといってイナカ者の嫁になるくらいなら死んだ方がマシ、と思っているプライドの高い人でした。

このオヤジさんは、光サンが隣村の須磨にいるのを知って、「チャンス！」とばかりに、大張り切りで娘との見合いをセッティングします。

ところが明石さんはプライドが高いくせに、というかそれゆえに、自分のイナカ者であることにすごいコンプレックスを感じていました。

明石さん、光サンのことを一目見て好きになっちゃったとは思いますよ。だってこんなにステキな男性なんか、どこを探したっているわけがないんだから。

そうなると今度は、自分の垢《あか》ぬけなさが気になってしようがない。いずれ都に帰ってしまう人ということもわかっている。ああ、どうしよう！

単にイナカの金持ちの甘やかされ娘だったら、「わーっ、光サマ、好きやでー！」って、親が止めたって突っ走っちゃうだろうに、明石さんという人は、現状分析も自己省察もできる人だったのですね。だからこそ、中年期まではいろいろと悩むことになるのです。

まあ、なんのかんのといっても、オヤジさんの強引ともいえる画策により、明石さんは明石における光サンの現地妻になってしまいました。

光サンは、紫の上に「悪いなあ、どうやって言い訳しようかなあ」と思わないでもないんだけど、やっぱり好きな道だから、入り婿しちゃうんですね。

それに光サンって人は、相手の個性を愛する人柄、単純バカな男よりはだいぶマシな男性でもあります。この場合は、いろんな意味で心に葛藤《かっとう》を抱える明石さんという人を、それなりに思いやったと私は考えます。

そしてできちゃったのが、長女の「明石の姫」と呼ばれる嬢ちゃんです。


ところが運命は皮肉なもの。おじいちゃんとおばあちゃん、パパとママと赤ちゃんという、幸せな家庭が築けたと思った矢先、光サンに「都へ帰還せよ」という命令が下ったのでした。長い謹慎生活が終わって、光サンは一回りも二回りも大きな（腹が、ではない）要人となって中央政界へと復帰するのです。

そうすると、困るのはこの母子の処遇。まさか都へ連れて帰るわけにはいかないのです。そりゃあ金持ちだから路頭に迷うってことはないけれど、「じゃあね」ってのはあまりにひどい。

プライドの高い明石の上は、口が裂けたって「連れてって」なんて自分からは言いません。

それでもこの母子は都の西口までは来ることを許されました。「大井」という、現在の嵐山近辺でしょうか、そこに光サンは寓居を構え、明石の上と姫を呼び寄せたのです。ただし、都の中にまでは入らせないのです。

さて、ここまでの話だと、光サンの実子は三人だけど、公式の子どもはまだ二人。

じゃ、公式の三人目の子どもってだれ？

それはねそれはね、光サンが四十歳を過ぎてからできた薫《かおる》ちゃんという男の子なのです。

「運命の子」なのですね、薫は。

公式には光サンの正妻が産んだのだから、父は光サン。だから公式には三人目の子どもなのです。それじゃ本当の父親って？

光サンは、若き日に自分が犯した過ちの、手痛いしっぺ返しを受けたのです。

あとで詳しく書きますが、中年になってから、光サンは格式の高い妻と結婚します。が、実はこの結婚はどの人も幸せにしないという、いわば呪《のろ》われた結婚だったのです。

そして、この妻に横恋慕した若者が、なんと彼女を懐妊させてしまった！

その若者とは、息子夕霧の従弟であり、自分もかわいがっていた柏木《かしわぎ》。彼はかつての自分であり、現在の自分はといえば、だれよりも深く愛してくれた父帝と同じ立場。

このあたりから、物語は急激にドラマチックになり、光源氏の築いた帝国は、内部から崩壊していく……ように私には見えます。

コメント

○よっちー

朝読んで、そんでもっとゆっくり読みたくて、昼にまた読んで、夜も読みました。いつにもましてワクワクする展開。

○遼子

好き勝手に書いてるのに、ほんっとにありがたいです。大して人気ないのに、ただ自分が書きたいから書いてるだけなんで。もう少しネタがあるので、どうかご辛抱ください。

○キャリママ

人気ありますって！　もっと続けてくださいよお。

それにしてもこの時代の名前の付け方っておもしろいですね。

・夕霧って、私の語感からいうと、女性のように思えます。

・冷泉帝というのは公式名称ですよね、きっと幼名とラストネームみたいなのもあるんですよね？

・明石の姫というのは身分がいまいちだから、ちゃんとした名前がないんですかねえ？

○遼子

キャリママさん、うれしい！　すごく勇気づけられました。

命名のことなんですけど、登場人物のほとんどは、実は本編には名前は書かれていないのです。夕霧だの紫の上だのというのは、後の人たちがなんとなく納得できるようなニックネームを付けて、登場人物を仮に呼んでいるのです。じゃないと不便でしょ？

ちなみに、水商売の女性がお店で使うのは「源氏名」です。

また男性の場合は、惟光や良清《よしきよ》のような随身《ずいじん》（家来）は名前が書いてありますが、貴族はその時々の官位で書いてあるので、実はたいへんややこしいのです。

「夕霧」という呼び名は、「夕霧」の章で活躍するから、そう呼ばれるようになったというわけ。

「冷泉帝」とおくり名されている天皇は確かに実在しました。私の好きな「狂える王」の一人です。ただし、『源氏物語』の中の冷泉帝とは全く関係ありません。

明石の上や明石の姫は、住んでた土地、生まれた土地の名前で言ってるだけなのね。身分は関係ありません。有名な紫の上だって、原典ではそういう呼び名は使われていません。

○マキマキ
源氏もいろいろ読んだけど、これは遼ちゃんの思い入れが感じられて楽しいね。なんでも、九州在住のふつうの女性が、自分の好きなように訳した源氏物語があるんだって。それ読んでみたい。源氏は文法的にどうだとか、解釈がどうだとか気にしないで、好きなように読んで、ああでもないこうでもないと、言える友達がいればなおいいと思います……で、あなたと私は十二歳のときからそうだったんだよね。

○遼子
その九州の方の気持ちわかるなあ。『源氏物語』は、それを愛するすべての人の共通財産、ここまできたら日本人とかそれ以外とか言うも愚か。愛してるならいろんな解釈があっていいんじゃないかなあ。十二歳の私たちもそうだったんだよねえ、懐かしい……。

○あびーろーど
初めてコメントします。
「源氏物語」って、こんなにおもしろかったっけ？

遼子さんの分析がおもしろいからなのかなあ。こんなふうに読むと、現代社会にも十分通じますね。

「源氏物語」、また初めから読み返そうかなあ。橋本治さんのがおもしろかったけど、今度大塚ひかりさんも新訳を出されるとか、楽しみです。

○遼子

ありがとー。読んでくれてたんだね！

ほろよいっつーか泥酔っつーか、手前勝手なことを言ってるだけで、これを機会に、自説を「いやちがう、ほんとはこうだ！」って言ってくださるとか、「ほーそうか、そんなら一度読んでみよう」なんて思ってくださる方が一人でもいたら本望ですって。

橋本治訳『窯変 源氏物語』、スリリングでした。大塚さんの新訳っていうのも楽しみですね。

巻の八　光源氏はどんな父親だったか

さて、今日考えるのは、光サンと子どもたちとの関係です。お飲み物はごくふつうに、ウーロンハイで。

結論からいうと、彼は表向き子どもたちをかわいいと言っていたようですが、溺愛《できあい》はおろか、親子の情としてどうしようもなくいとしい、という感情なんかなかったんじゃないか、というのが私の感想です。

たとえば最初の子の冷泉帝ですが、この場合は「わが子」なんていう余裕などなかったことでしょう。

「しまった！」

「とりかえしのつかぬことをした……」

「父に対してなんということを　ぁぁぁ」

などなど、総じて「ヤッバ〜！」。いわば「自分のやってしまったこと、およびその結果の重大性」だけが気にかかってしまう、それ以外はなかったのでは？　今みたいに「できちゃったぁ？　じゃ中絶しなよ」（サイテー！）なんてことはできませんから。「光君そっくりの美しさ」なんて言われて冷や汗ダラダラ。できれば抹殺したい、くらい思ったかもしれません。

次に夕霧に対してです。

この男の子に対しては、光サンはとても厳しいですね。

「自分はあまり学問をしてこなかったので」とかいって、わざと低い位から学生《がくしょう》として勉学をさせていきます。

確かにそれは正論なのです。いかにおばあさまが「何もそこまで厳しくしなくっても」と言っても、父たる者は息子に対して大きな壁になることは正しい道だと思います。

ただねえ、光サン、あなたそこまで言うのなら、幼い夕霧ちゃんに対してちゃんとファーザーリングやってきた？　伯父さんの頭中将ほどにも接してやらなかったでしょうが。と同時にどうしても考えてしまうのは、（現代人なので）エディプス的な要素。父にとって息子は、最初かつ真のライバルだということです。

光サンは自分が父の妻を奪ったという、だれにも言えない過去を持っています。つまり父親たる自分は、常に妻を息子に奪われないようにしておかねばならない、とキモに銘じているオトコなのです、光サンという人は。

だからこの恐ろしい父は、息子が成長しないうちに、その牙《きば》を矯《た》めてしまおうと考えていたのではないでしょうか。だって、光サン、常に注意してたもんね、自分の最愛の紫の上を絶対に夕霧くんには見せないようにしてる（でも見ちゃうんだよね、そして憧れるンだよね、夕霧くんは）。

そうしていかにも、言っちゃ悪いが安全パイ風の、頭中将、（現左大臣）の娘の「雲居《くもい》の雁《かり》」ちゃんとはうまくいくように励ましてる。

夕霧くんは、確かに父によってオトコとしての牙を矯められてしまったのです。作中人物としては、いろんな局面で説明をする役をふられてはいますが。

でもまあいいのかなあ、平凡でも幸せな家庭を築いたから……。

次は明石の姫。

橋本治さんもおっしゃってますが、この娘に対して、光サンはちょっと冷たすぎる。

「かわいい、かわいい」と口では言うものの、やってることは、この嬢ちゃんを「手駒」

としてしか見てないのですよ、光サンという人は。

権力争いを描いた『源氏物語』のその武器とは、はっきり「娘」なのです。帝の寵愛を得させ、次の東宮を産ませるための。東宮の祖父こそが天下一の権力者となる時代だったから。

光サンにとって唯一の手駒たる明石の姫は、イナカの豪族の腹に生まれました。でもこれでは身分的にダメ。だから当時の正妻扱いの紫の上のもとに、養女として送らせました。たった一人で知らない土地へ連れてこられ、唯一の生きがいだったわが子と離れさせられる明石の上にとっても、子どもが欲しくても懐妊できない紫の上にとっても、これは実に残酷な仕打ちです。紫さんは「子ども好き」なのでむしろ喜んだ——とは言いますが。

明石の姫は、光サンの娘にしては凡庸な描かれ方をしています。特に個性もなく、ただ体の小さい人だったらしい。けれど、このとき天下一の権力者となった人の娘だから、ローティーンのうちに入内し、若き帝（冷泉帝の次の帝）にとても寵愛される。その結果、次から次へと子どもを産まされる。

なんかこの帝というのは、『源氏物語』には珍しい、マッチョタイプというか、アズマオトコ風のお方のようでした。

明石中宮となった姫は、つわりはひどくても体をこわすわけでもなく、案外丈夫。長男は後の東宮「匂宮」となってカル～い貴公子ぶりを発揮していくわけです。

それはともかく光サン、娘、それも一人娘の父親だったら、もっと娘を情愛を込めて扱うのじゃないかと思うのですが、あまりそういうのも感じられない――んだなあ、私には。


ちょっと話が戻りますが、朱雀帝のときの東宮は、藤壺中宮と光サンとの間にできちゃった皇子で、この人が冷泉帝です。光サンはこのナイショの息子を帝位につけることについても尽力しています。実の父として、よりは自分の権力意志のためなんですね。この時点では恋人・藤壺より、同志・藤壺って感じです。

また、さらに光サンの抜け目のなさというのは、あの六条御息所の一人娘、彼女が成人したとき、冷泉帝の女御として入内させ、のちには秋好《あきこのむ》中宮という最高位にまで上らせる。彼女への好き心はなんとかガマンしたんですね。

それもこれも、自分の息のかかった娘分、息子分を、とことんまで利用し尽くすという徹底ぶりなのでした。

なんかね、光サンという人にとっては、感情のレベルで好きなのは、わが子よりオンナなんだろう、と思うのです。

子どもに対するアクションには、「これは親としての義務」みたいなエクスキューズがあるのですが、女性に対しては、もっと素直に「好きだから」という感情の発露があるからです。

「子」としてと、「女」として、光サンに対する立場に置かれた、ある女性の話もあったことですから。エッ、だれ？　それって。それはまた後日。

コメント

○ミイ

裂かれてつのる親心　なんてこともあるかもしれないけれど、親子の情なんてのは濃密に接触してこそ深くなるのでしょうね。

特に、幼子だったころの可愛さの記憶だけが、成人したわが子への不満を代償してくれるように思えます。

乳母だの何だのって大勢の取り巻きが常に親子の間を隔てていた昔の「上つ方」では、人格形成のされ方がわれわれとは違っていたのかもしれませんね。動物園で人間に飼育された動物は、仔《こ》を産んでも育児できないっていうじゃないですか。

古代中世の骨肉相食む争いなんてのも、庶民感覚からは理解し難い。でも現代でも資産家の方々の間では同じようなことがあるのかな……。

○遼子

確かにこんな古代の、それも貴族社会という特殊な環境においては、いわゆる家庭とか肉親ってどういうものだったたか、なかなか想像がつきませんよね。

ただ『源氏物語』の中では、頭中将の家というのは、けっこうにぎやかな家庭の匂いが漂っている気がします。

先代の左大臣、その北の方の大宮、長男頭中将の子どもたちがワイワイ、そして夕霧くんもいる大家族です。

こんなシーンがあります。

中将もまた、娘を入内のためのタマとしてみているのは確かですが、その一番手と考え

ていた「雲居の雁」嬢が、無防備なかっこうで昼寝をしてるのを見ちゃった（どうも産みの母はいないみたいです）。お父さんは、

「ああもう、そんなダラシのないかっこで寝てて～！」

なんて言いながら、

「だいたい母上が甘いからそんなことするんです！」

なんてオフクロに文句言ってる。

最も格式高い貴族の家にしては、わりあい雑駁《ざっぱく》というか、開放的であたたかな家庭の様子がうかがえるのです。

光サンの住まいには、そんな空気が感じられないのは私だけかなあ。常に男と女の「対」しかない。のちに夕霧くんは父のもとへ引き取られるのですが、父と紫の上の居住空間には決して入れてもらえないのですからね、彼は。

○キャリママ

「ほろよい源氏」に触発されて、円地文子版「源氏物語」を図書館で借りてきて、今読んでます。

それにしても光サンという人はものすごい好き者ですねー。この当時の貴族の殿方は皆様このくらいあちこちで性欲を発揮していらっしゃったんでしょうか？

まあ肉体労働もペーパーワークもするじゃなし、考えることといえばどうやったら権力をつかめるか、くらい？　今の政治家もそうみたいですね。

それにしてもミイさんの「幼子だったときの可愛さの記憶だけが……」って、そのとおり、わが家だけじゃなかったんだ！

○ミイ

確かに左大臣ファミリーの描写は十分「家庭的」ですね。超セレブとはいえ、臣下の者と天皇の息子という（フツーでない）身分の違いなんでしょうか。

絶世の美貌《びぼう》とあらゆる才能、鋭敏な感性を持ちながらも、母の愛、家庭の愛に満たされたことのない、精神的に不安定な男、光源氏。

その空虚さゆえに、同時代の人々のかなりゆるーいとはいえ常識を逸脱した女性への傾倒、執着を続けずにはいられなかったのでしょうか。義母に手をだしたり、娘分として預かったつもりなのに手をつけたくなったり……ま、現代でもありそうだけど。

そういう不安定さが多くの女性（読者も含めて）を引き付けるのでしょうか。

○遼子

キャリママさん、すごい！　私、円地文子版はザセツしちゃったんですよー、高校のとき。

こないだマキマキさんに言われたんだけど、円地さまは父上が国文学者で、一番「正しい」翻訳なんだそうです。（え？　まるで紫式部じゃない、円地さまって）

ミイさん、さすがスルドイご指摘。

架空の人物とはいえ、家庭的に不遇だった男性がどういう人格形成をとげるか、今の心理学をしても理にかなってる。式部の洞察力はこわいくらいですね。

地上のすべてのものを所有してもなお、幸福にはなれなかった男の話と言えるかもしれませんね、『源氏物語』とは。

○あびーろーど

夕霧と雲居の雁が、会うのを禁じられてるのに二人で一緒にいた――それでもう性的に既成事実ができちゃった、みたいに言われてますよね、どうなんだろうその辺。現代のわれわれでは、そこまでは考えないけど。

○遼子

たとえローティーンでも、元服した男子なら密会してるってだけで「やった」（失礼！）ってことになるんでしょうね。

事実はさておき。私も学者ではないので、あまりよくわかりません。お互い妄想しながら読みましょう。

巻の九　夕霧くん

今回は、光サンの息子夕霧くんについて、さらに思うところを述べてみたいと思います。

この人は不幸な割にあんまり暗い影のない人です。そして客観的にみると、実にマンガ的な人物なんですね。「暗くない」というのは、やはり身近に愛してくれる家族がたくさんいたからなんでしょう。

光サンは常にまわりからチヤホヤされたり、あがめられたり、けむたがられたり、女の人にはモテまくってますが、ある種の暗さというか、虚無感をまとっています。それは、愛されて育ったという経験があまりにも少なすぎるからなのかも。

その点、夕霧くんが寄宿している左大臣家には、わりあいお人よしらしい祖父の左大臣、愛情深い祖母の大宮、闊達《かったつ》な伯父の頭中将がいて、いろんな意味で教育もきちんとされていました。

また、後の呼び名で言えば「紅梅《こうばい》」くん、「柏木」くんなど年の近い従兄弟がいて、良き遊び相手にも恵まれました。さらにちょっと年上の従姉には「雲居の雁」ちゃんがいました。

この家の女当主とも言うべきおばあさまは、小さい時には男女の隔てなく、みんな平等の孫として自由に育ててくださったようです。だから雲居の雁ちゃんと夕霧くんは、小さいときから仲が良かったんでした。

といっても実の姉弟ではないということはわかってますから、だんだん年頃になると、お互い男女としての想いも芽生えてきちゃったというわけ。

でも雲居の雁ちゃんは、頭中将にとっては大事な「タマ」ですから、夕霧なんかにはやれない、入内だ入内だ、と思ってるわけです。自分の権力のためでもあるけど、当時の貴族としてはそれも父たる者の役目であり、愛情だと思っていたのでしょう。

「なんだ、うちン中にいる者同士で結婚なんて、かっこ悪いじゃないか！」

なんてことでもオヤジさんは怒るのですが、当事者たちは、

「そんなことどうだっていいじゃん、僕たち愛し合ってるんだもん」

てなもんです。若いもんなんてのは、そんなもんです、いつだって。

そして息子から文句を言われたって、おばあさまは二人の強い味方です。で、結局彼らは結ばれるんですね。

若くして一緒になった二人は、家庭の幸福維持のためにたいへん励んだとみえ、なんか六人くらい子ども作ったんじゃなかったっけ？「律義者の子沢山《こだくさん》」って言葉がありますけど、これって夕霧くんのためにあるようなフレーズですよ、まったく。いえ、別にいいんですけど。

夕霧くんはほかにも、惟光さんとこの美人の娘さんなんかにもお子さん作ってたようでしたけど、ま、身分が違うから、当時としてはそんなに家庭争議のタネになるほどのことではなかったみたいです。

愛妻家なんですね、夕霧くん……。

てか、タチの悪い父親に牙を矯められてしまったせいか、持って生まれた性格なのか、勉強一途《いちず》の青年時代、オンナ遊びなんかこれっぽっちもしなかったノダ。

だから不器用っていうかなんていうか、まわりに美人がいても、

「うー、いいオンナだなー」くらいなもので、あんまり行動に出るようなことはしない。

といって好き心がないわけじゃない。実の父のところへ行けば美人がたくさんいるけれど、オヤジの管轄内の人物に手を出そうなんて、サラサラ思わないのだから、親子ってのはわからないものです。

この要領の悪さが最も発揮（？）されたのは、中年になってからのこと。先にちょっと触れましたが、光サンの北の方に横恋慕した柏木くんが、無理やり寝所を襲って彼女を妊娠させてしまうという事件が起きました。結局のところ、この不倫事件は光サンにバレちゃって、柏木くんは今でいう心身症になって死んでしまいました。

夕霧くんのドジぶりというのは、柏木くんが亡くなって残された妻、落葉《おちば》の宮に懸想《けそう》したあげくの言動です。亡き親友の未亡人を見舞うというふりをしつつ言い寄るのですが、ちっともうまくいきません。嫌われているのです。こういうところがオヤジと違って、不器用というか、女ごころがわからないというか……。

しかも雲居の雁夫人にもばれちゃって、夫人はカンカン。しかも可笑《おか》しいのは、使用人であり夕霧くんのお手つきでもある女房と共謀して、夫の「締め出し」を謀ったりすること。

「もーゆるさないわ、あんなやつ！」

「そーですよ、奥さまは六人目のお子様のことでたいへんな思いをしてらっしゃるのに！」

なんて光景が目に浮かぶのは、『源氏物語絵巻』「横笛」に描かれている、中央に赤ちゃんに乳をやっている雲居の雁、それを横から心配そうにのぞく夕霧くんの図があるから

（口絵②横笛）。

「ホラ見なさい、アナタが浮気なんかするから、この子がこんなに泣いちゃって……」

なんて夫人は怒っています。

この図では、かいがいしく耳挟《みみはさ》み（髪を耳の後ろにかける）しているという、生活感あふれる夫人の姿があります。要するに所帯じみているのです、夫人は。

そりゃー六人も子どもがいるんだもん、しょうがないじゃない。だからって浮気はダメダメだーめ。

こんな絵もあります。

これは夕霧くんが見ている手紙を、浮気相手からのラブレターと勘違いした夫人が、後ろから奪い取ろうとする図です。こっちはちと鬼気迫る。女性の立ち姿は『源氏物語絵巻』中、これだけのはずで、まるで能のようですね（口絵③夕霧）。

で、夫人は怒ったあげくに実家へ帰っちゃったり、まあ現代と変わらないわけです、その辺は。夕霧くんは本宅と別宅を行ったり来たり、なんかカッコ悪いことになっちゃうんです。

雲居の雁夫人てどんな人なのか、私の想像ではこうです。

若いときは、まあおとなしくて素直な少女。感受性もふつう、特に才気煥発《かんぱつ》ってわけでも、そんなに美人ってわけでもないけど、小柄でぽちゃぽちゃしたかわいい感じ。

大人になってからは主婦の鑑《かがみ》です。この時代、子ども六人も産んで自ら母乳もやって、自身も健康でいるってのは、なかなかの女丈夫ですよ。原文には、よく太った白く美しい胸をはだけて母乳を与えている描写もあり、貴族としては肉体的にも精神的にも、すこぶる健康的な婦人だったのではないでしょうか（気も強いしね）。

夕霧くんはそんな彼女に、

「ちょっとなんか家庭婦人過ぎない？」とか物足りなさも感じるんだけど、やはり愛情もあるし任せがいもある妻と認めてるんです。

彼自身も息子の恋愛をうまくいくように考えてやったり、とても家庭的な父親です。

なんか似合いの夫婦ですね。

コメント

○ミイ

今や、休日の夜の典雅なお楽しみとなった「ほろよい源氏ばなし」。今夜も期待して開けてみました。アペリティフがわりの缶ビール二本の「ほろよい状態」で拝読。絵物語つきで、エンターテインメント性がますますアップしてきましたね。楽しみ、うふふ。

○キャリママ

夕霧さんは何チャラ大臣とかえらそうですが、確かに他の男性とは一線を画しているような気がします。奥さまとのロマンスと、その後の大所帯も、なんだか源氏の時代のやんごとない殿方とは思えず、親近感がわきます。

その夕霧さんでさえ、惟光さんの娘との子ども持つなんて、やることはやってるんですねぇ、びっくりです。やっぱり性愛にたいするものさしがうんと違う時代だから「ダメじゃん！」って責めてもムリですね。

○遼子
ミイさん、ご声援ありがとうございます。「典雅」とはいかない「なんちゃって」源氏ですが、楽しんでいただければ無上の喜び。

絵巻については、前半の方はもう無くなってしまっているのですが、現存していたらさぞ華やかだったろうと惜しまれます。

以前、徳川美術館に、現代の画家が修復模写したのを見に行きました。一枚がせいぜいB四判くらいな大きさですが、それは極上の美しさでした。あの引き目鉤鼻《かぎはな》（どこが美貌なのか、現代人にはわかりません！）の顔にもちゃんと瞳があり、細かい表情が描かれているのです。


キャリママさん、貴族のセックス観なんて、今とは全然違います。使用人なんて道具みたいなものだから、ちょっと催したら……ってことでしょうか（お下品ですみません！）。きちんとお手紙を書いてする恋愛とは別物なんですね。

ただ惟光さんも、娘に夕霧の殿のお手がついた、っていうのはまんざらでもなかったかもしれません。いやなやつなら不快だけど、あのお方なら……ってね。律義者ですからね。

○ヤジロベー

久しぶりです。雲居の雁さんが後ろからくる絵の修復画を、ネットで見ました。びっくりしたー。だって彼女シースルーの下着姿で、ホーマンなおっぱい丸見えなんですよ！

こんな絵があったんだ！

○遼子

ほんと、久しぶりです、そしてすごい情報ありがとう！　原画もちょっとそう見えなくもない線だなあと思ってましたが、調べてみたら、こんなにはっきりと王朝ヌードになってるとは知りませんでした。ずいぶん修復が進んでるんですねえ。

巻の十　またしても割を食う夕霧くん

さて、藤壺中宮と結託して（裏面工作して）、冷泉東宮を帝に上らせるという荒業をやってのけた光サンは、さらに秋好中宮を擁立して、権力をゆるぎないものとしました。六条御息所から託されたのですから、この中宮は光サンにとっては義理の娘のようなもの。それを十二分に利用したってわけです。

年は中宮の方がかなり上でしたが、帝夫妻はたいへん仲が良く、どっちの「親」でもある光サンはもはや怖いものなし、栄華の絶頂を迎えます。

ところで、冷泉帝と秋好中宮は、中宮が年上であったにもかかわらず、たいへん仲睦まじかったと書いてあります。二人とも文化的なことが大好きで、高雅な趣味をお持ちだったとか。

私が思うに、このお二人は紫式部がお仕えする前の一条天皇と定子中宮がモデルではないかと思います。清少納言がこよなくお慕いした、あの定子中宮、そして天皇。紫式部にとっても、理想のカップルだったのではないでしょうか。

のちに、実は自分の実父は光サンではないかと気づいた冷泉帝は、一時は退位して光サンに帝位を譲ろうかとさえ考えたのです。もちろん光サンは受けませんでしたが。だって天皇になっちゃったら、権力ゲームも上がりで、楽しめませんから。

さて、こうした経緯から、光サンは故六条御息所の広大な屋敷を管理する権限を得ました。娘分のお里なんですから、当然の権利です。

それまでは親の遺産である二条の屋敷に住んでいた光サンは、あることを企画します。それは、六条の地所を整理して、新しい屋敷を建てること、そこには自分の妻たちの主だった女性を住まわせるので、思いっきり贅を尽くしたものにする……ことです。

世に「六条院の栄華」といわれるもので、四つに分割した屋敷群は、春夏秋冬に分けられたレイアウトにされているというのです。

春の御殿は、春が好きな紫の上。光サンも常はここに住んでるようです。

もちろん秋は秋好中宮の実家。

「夏の御方」といわれるのは、花散里。彼女はちょっと特殊な立ち位置の女性です。そう美形ではないけれど、抜群の実務能力者であり、子どもの教育係でもありました。すでに閨《ねや》をともにすることはないのですが、源家にとってはなくてはならない逸材だったのです。

彼女は、美形ではないという自覚があるから、自らお褥滑り《しとねすべ》（この時代の言葉じゃないんですが）したといわれているけど、私は、実は彼女はセックスがあまり好きじゃないのでは？　と思っています。そればっかりが人生ではありませんからね。

そして冬の御殿には、一人娘の実母である明石の上が呼び寄せられました。

この、まるで帝の後宮を模したような六条院は都じゅうの評判になり、光源氏の権勢はいやが上にも高まったのでした。

橋本治さんによれば、しかし「六条院とは老人ホームみたいなもの」だって！　豪華ケア付きの……かな？　うーん、確かに。でもそれを言うなら、二条院の方がさらにそうなんじゃないかなあ。従来の施設に、尼になった空蝉さんとか、末摘花さんとかが住んでますから。

まあ、老人ホーム的雰囲気は光サンも感じなかったわけではなく、またまた騒動のタネを考えつくのでした。

「ここって若い娘がいないじゃん？　明石の姫はまだちっちゃいし。だれかきれいな若いコがきてくれるといいんだけどなあ……」と光サン。

「またアナタったら……。いつまでも懲りないのネ」と、ヤな顔をする紫さん。

「いやいやそうじゃないんだよ、私はもう年だからそんな浮ついたことは考えてないさ（ウソつきっ！）。でも若い娘がいたら、その辺の若いやつらが訪ねてきたりするだろう？それが楽しみなんだよ」

サーどうだか？「ヤレヤレ」って顔をする紫さんが目に浮かぶようです。

でねー、来たんです、ほんとに。若い娘が！

いや、あんまり若くないんだけど（二十六歳だから）、とにかく独身の女性。光サンの隠し子じゃないけれど、かなりユカリのある娘さんがですねえ、いきなり向こうから飛び込んできたような次第で。

この人、女性ではただ一人、ちゃんとした名前が明記されている娘さんで、その名も「藤原の瑠璃君《るりぎみ》」。ステキな名前ですねー。ただし源氏名では「玉鬘《たまかずら》」さんといいます。

彼女はあの夕顔さんの忘れ形見（っていうのも古めかしい言い方ですねえ）。だから実の父親は頭中将、現在の左大臣なのです。

でも夕顔が死んでひとりぼっちになったお嬢ちゃんを育てたのは、夕顔の有夫の女房の右近《うこん》でした。たまたま右近の夫が九州に赴任することになったので、この嬢ちゃんも、遠い九州の地へ連れていかれたのです。

身寄りもない嬢ちゃんですが、右近夫妻は主君の姫としてかしずいて育てました。ところが「身分の高い都の姫がいる」と噂を聞いた土地の親分（今でいうと地元で幅を利かせている県議かなんか）みたいな男から「オレの女になれ！」と攻め立てられて、たいへん困ったことに。

で、右近一家は一族郎党、命からがら、都に彼女を連れ戻ってきたってわけです。そして困惑していたところを、光サンのうちの女房（たまたまかつての右近の知り合い）に見つけられ、六条の屋敷に引き取られたというわけなのです。

光サンは狂喜乱舞しましたね、なんちゅう幸運かと。

第一に、これでまず、都中の若君たちの視線をここに引き寄せる、という単純なおもしろさが満喫できること。

第二に、政敵左大臣の未認知の姫を保護するという、きわめて点数の高いカードを手にしたこと。

さらに第三に、こんな美形の姫なら、自分がいただいちゃってもいいかも、ということ（やなやつー）。

第一の望みはすぐさまかなえられました。左大臣家の紅梅くん、柏木くんらは、今は六条院の夏の御殿に住んでいる夕霧くんに「手引きしろよー」と迫ります。

が、マジメで融通のきかない夕霧くんは、

「いや、オヤジのガードかたいし……」

なんつってラチがあかん。

でも夕霧くんだって若い男子、けっこう興味はあるんです。色の道に長《た》けたオヤジのガードがかたいのは確かですが、夕霧くんはその分「のぞき見」のえきすぱーとです。

ある日夕霧くんは、とんでもないものをのぞき見しちゃいました！

『源氏物語』中で最もイヤラシイ場面として名高い、あのシーン。

光サンは、田舎育ちの玉鬘さんに、いろいろな教育を手ずからしていました。書画、音曲などなど。そしてその合間に、中年男のいやらしさでちょこちょこ迫ったりしていたのです。

夕霧くんが見ちゃったのもそんな場面でした。

琴を枕に、オヤジったら玉鬘さんを抱いて寝てる！　いいのかよぉ、親子だぜ？　オレもうやってらんないよぉ……（あ、光サンは、この段階では玉鬘さんを「娘」と発表してたんです、息子にさえ)。

　でもそのくせ、

「いいオンナだなあ、チクショー、オヤジだってあんなことしてんだから、オレも迫っちゃおうかな……」

　なあんて思ってたみたいです、思っただけですけど。


　一方、左大臣家では、光サンちに対抗して、こちらもどっかから(なんかあまり上等とは言えない地域から)娘さんを調達してきました。このあたりで、昔はナンパかなんかしてたってことですね。この「姫」が、ぶっとびキャラの「近江《おうみ》の君」なんです。

　玉鬘さんは母親をしのぐ美貌と才知がありましたが、近江ちゃんはというと、「トイレ掃除でも何でもやりますっ」と、やる気満々。そして純情一途はいいけれど、どう見たって下町の長屋育ち。あんまり素性の良くない女房(たぶんその辺のツレ)とゲームばっかりやってる。

「あんたの父上ってさあ、ちょっと態度デカくね?」

　とかその女房に言われて、

「ちょっとぉ、タメ口やめろヨな？　あたしこれでも姫なんだからさあ」

とか、およそ姫君らしくないのです（汗）。

こうした曖昧な日々もそのうち、一挙に解決される日が来ました。

玉鬘さんは、しょっちゅうセクハラめいたことをしかけてくる（けれど決して強引にはしない）光サンに困惑を感じていましたが、世慣れない娘として惹《ひ》かれるものも確かにあったのです。

といって、契りを結ぶことにはいろんな意味でためらいがありました。

光サン自身も、若い時なら強引に思いを遂げたでしょうが、思慮も分別もある年齢になると、そういうこともできかねる。その危うさを楽しんでるという、まさに中年男でした。

そのうち、とうとう玉鬘さんを射止めてしまった男が出現しました。

それは「髭黒《ひげくろ》」と呼ばれる右大将で、中年近いけれど出世頭でした。つまり玉鬘さんは、この男の妻になったのです。

この結婚にはいろんな問題もあったのですが、とにかく彼女は正式な北の方におさまり、しかも尚侍の辞令も受けることができました。これらすべて、光サンの息のかかった人事です。

こういう経緯を見ていると、玉鬘さんという人はかなり周囲に目配りのできる、利口なお人なのだと思われるのです。

同時に、玉鬘さんは晴れて左大臣の娘として、公に認知されるというおめでたい運びとなりました。

その結果、左大臣は光サンに借りができてしまい、相対的に光サンの権力はもう一段アップしたという結果となりました。


ところで、またまた陰で「ソンした〜〜〜」とぼやくことになったのは夕霧くんです。

実は姉だったなんて、手紙なんか出さなくてよかった、恥かくところだった、なんて言ってる紅梅くん、柏木くんに対して、

（なんでぇー、姉弟じゃなかったんじゃん。だったらあんなにためらわないでコクっちゃえばよかったんだー……）

なんて思ったって後の祭。どこまでも要領悪くできてんです、この御仁は。

コメント

○ミイ

オペラ「リゴレット」では、清純無垢《むく》なリゴレットの娘が、その道の「手練《てだ》れ」の侯《こう》爵《しゃく》に誘惑されてしまい、パヴァロッティ演じる侯爵の本性を知ってしまってからもなお、彼への愛情（執着？）を捨てきれず、自死してしまう……。

ちょっと玉鬘と似たような話ですね。しかし苦労しただけ、玉鬘さんの方がお利口だったのかな。

髭黒の大将、無粋《ぶすい》だとか何だとか、あまり良くは書かれてないようだけど、生活力、行動力旺盛で、以後、玉鬘の生活は安泰だったかな。

だけど髭黒にしたって、玉鬘自身が選択したわけじゃなく、ワイロもらった女房が手引きしてはめられたんじゃなかった？

○遼子

生前のパヴァロッティはあの体格だから、マントヴァ侯爵はぴったりだったでしょうね。

玉鬘さんて、どういうわけかむくつけきオッサンにもてちゃう運命の人ですね。細身の都育ちじゃなくて、九州の田舎で丈夫に育ったから？　……なんて詮索《せんさく》してみたくなります。

まー「はめられた」といえばそのとおりであり、彼女だってあんなヒゲなんかイヤ！　って思ってたみたいだけど、添うてみると案外そういうもんでもなかったのかも。

それに、いくら光サンの想い人になったところで、大勢いる妻たちの末の方に連なるだけで、あんまりメリットないし、自分もトシいってるし……とか、いろいろ考えたんじゃないですかね。

それでも、人妻になってからも光サンには人生相談に乗ってもらったりして、うまくいってたようですね。

○ぺんぱる

登場人物だけで五百人といわれてますが、相関関係がよくわかり、いつもおもしろくよませてもらってます。

これで十巻ですか、もうこれだけで本編を読んだ気でいる自分（汗）。

○遼子
ぺんぱるさん、だめですよお、こんなのだけで読破した気になっちゃっちゃあ。

食わず嫌いの人は男女問わずたくさんいらっしゃるようですが、実際に読むと案外すいすい読めちゃうもので、それぞれのイメージをつくってるようですよ。

○キャリママ
先日某所で、源氏物語絵巻の名場面が飾ってあるのを見ました。円地文子先生の抄訳三巻を読んだので、どの場面かはよくわかりました。

私は薫さんのメンタリティに興味を持ちましたね。なんだか女性に対して重々しいのが、他の登場人物と違う感じがして新鮮。なんか現代的で、ハムレットみたいにもんもんとするところが好きです。

光サンはかっこいいのですが、あまりにも虚無の美の化身って感じで、感情移入はできませんでした。偉そうな世迷言《よまいごと》、お許しください。

○遼子

薫くんは物語全体を通して、一番屈折率の大きい人物ですよね。古代の人なのに「近代人」なんて言われてますもん。こういう人物を創作してしまった式部って、やっぱすごいな。

ウチの娘なんぞは、「薫ってイジイジしてて一番キライ！」などといっております。毀誉褒貶《きよほうへん》が激しいのも、この人の特徴かな。

○ヤジロベー

あのーまたいいですか？

この巻の最初の方に「空蝉」っていう人がでてきましたよね、「ほろよい」には詳しく出てないので、もう少し詳しく教えてください。

○遼子

よしよし。うつせみの本来の意味は、せみの抜け殻のことです。なんでこんな変な呼び名が付いたかというと……。

若き日の光サンは昔、方違《かたたが》え（縁起の悪い方角を避ける）するためにある家に一泊しました。そこの主人はもう年配でしたが、若い後妻がいました。この人と先妻の娘が碁を打っているのを、光サンは盗み見てしまったのです。

後妻さんはやせ型でちょっと老けた感じ、と本には書いてあります。娘の方は暑いせいか上半身はだけてるような、奔放というかだらしないというか（この娘には「軒端《のきば》の荻《おぎ》」という呼び名がついています）。

となると、やることはただひとつ。夜になると、この人たちが寝ているところに忍んで行ったのでした。

で、二人ともいただいちゃったのですが、ほぼ無抵抗の軒端の荻と違い、後妻さんはできる限り抵抗し、あまつさえ上衣を脱いで逃げて行ってしまったのです。それをせみの抜け殻になぞらえて、この呼び名となったわけ。

無抵抗の方は一回で終わっちゃって、矜持《きょうじ》を失わない空蟬さんには光サンも心を惹かれた、とあり、その後にも他生の縁は続き、結果として二条院に引き取られたというわけです。

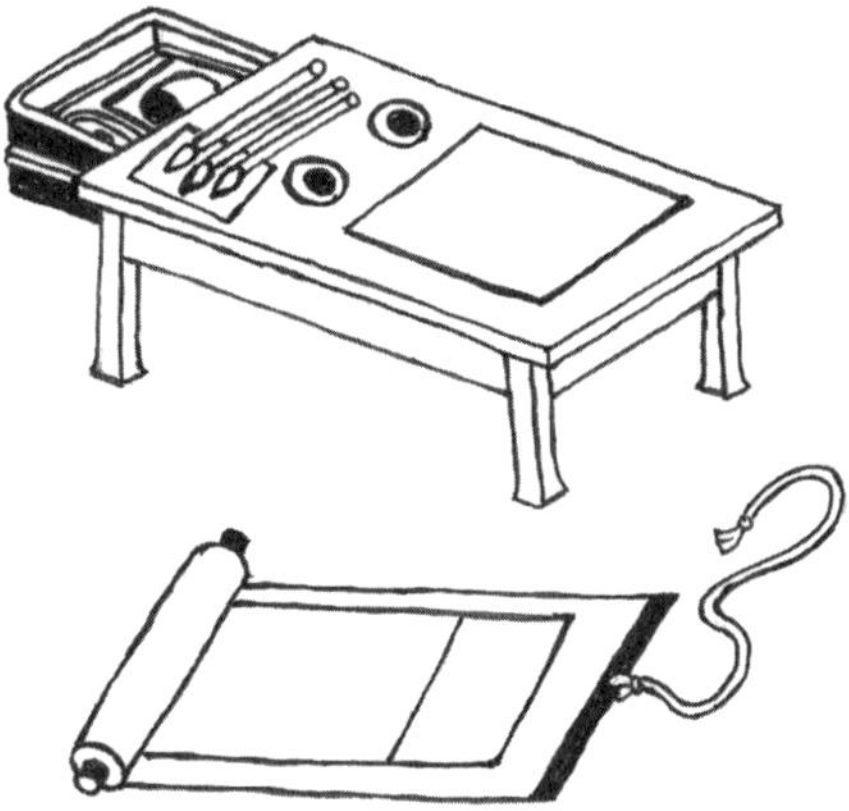

巻の十一　負け組親娘の逆襲

「この世をばわが世とぞ思ふ　もち月の欠けたることもなしと思へば」

これは藤原道長の、言わずと知れた権力絶頂のときの歌。「ガハハハ」と笑う声が聞こえてきそうな驕《おご》りの極《きわ》み？　でも、実は無意識の不安も表れてるように見えなくもない。もち月とは満月のことですが、そういうたとえを使っているところに、その思いが図らずも出てるじゃないですか。「欠けるところのない満月」とは、一方で明日からは少しずつやせ細っていく月でもある。「満つれば欠くる」のは必定なのです。

このときの道長とそっくりだった（だってモデルだもん、当然）六条院王国の主・光サンは、准太上天皇《じゅんだいじょうてんのう》として、位人臣を極めていました（と、頂戴ものの吟醸酒をひと口）。

当時ひっそりと暮らしていた義兄の朱雀院は、出家をした今も、三女の女三宮《おんなさんのみや》のことだけが気がかりでした。

マキマキさんが好きなこの朱雀さんは、とても心のやさしい人で、人と争うことが何よりもキライです。自分が犠牲になっても「予定調和」を大切にしたいし、愛するものをつらい目にあわせたくない、という気持ちをいつも持っている人でした。

だから、自分が死んだ後の最愛の娘の安泰を考え、出した結論が、

「光クンに北の方としてもらってもらおう」だったのです。

唯一気がかりだったのは紫の上の存在でしたが、

「でも、彼女は正式には北の方ってわけじゃないし……」とも考えました。

そして、今まで光サンの陰で何かと悔しい思いもしていながら、それでもこの超デキる弟を尊敬せずにはいられない朱雀さんは、とうとうアタマを下げて、娘を「もらって」と頼んだのです。

口では「いや、私などより若い人に……」なんていいながら、まだまだ好色パワーも衰えていない光サンは、「若い子が、嫁に」と内心うれしさを隠せませんでした（やだやだ）。

「まあ、私は夫というよりは後見人というようなことで」

と兄弟で合意し、女三宮は鳴り物入りで六条院に降嫁されたのでした。

で、この少女のような若い妻に、光サンは満足したんでしょうか？

いーえ、もう、どうしようもないくらいガッカリしちゃったんです。

はっきり言って女三宮という女性は、精神的な成長が遅れ気味なところがありました。とても素直でおっとりしていて、少女らしい良さはあったと思うのですが、すっごい美人というわけではなく、何より打てば響くような知性はないし、感性を表すことができません。

光サンは、きれいな衣装の中に埋まってるお人形のような新妻に物足りなくなって、ほとんど儀礼的にしか足を向けませんでした。

いくら幼くっても、三宮さんはやはりとても傷ついたことでしょう。

男女の機微《きび》なんかわからないから、自分では別にどうとも思わなくても、まわりの女房たちは、

「今日もお渡りになりませんのね」

「こちらをなんと思ってらっしゃるのかしら」

「姫さまがおかわいそう（でもあれじゃねー）」

なんて口さがないことをいろいろ言っただろうと思うのです。

そういう女房をたしなめるような器量はとうていお持ちでないのだから、かしずいている人々からは軽く見られるところもあったのではないでしょうか。

自意識というものがほとんどない三宮さんではありましたが、言葉にならない孤独感は感じていただろうと、かわいそうになります。

トップがしっかりしていないと、部下は必ずモラールを欠くものです。この場合もそうでした。

六条院の庭で、若い公達《きんだち》たちの「大蹴鞠大会」が催された日のことでした。

身分の高い女性たちは部屋の奥の方にいて、ちょっとでも外から見られないようにするのが、この時代のたしなみでした（女性は不便を強いられています！　ブツブツ）。浮気な女房たちはわざと端近《はしぢか》に出て、

「ヒューヒュー、○○さま、カッコいいー！」

なんて言ってたかもしれませんがね。

光サンの北の方といえば、中宮の次くらいに高位の貴婦人であるはず。それなのにあ！　お付きの女房たちのヘマから、ある瞬間に御簾《みす》がくるくると巻き上がり（猫ちゃんのせいで）、なんと思いもかけないほど端近な場所にいた三宮さんの全身が、バーンと見えてしまったのです！

（あ、あぶない！）と、声にならない叫びをあげたのは夕霧くんでした。

（まずいな、しかしなんちゅうダラシない……。バカか？　これじゃオヤジの顔に泥を塗るようなもんじゃないか！）

ま、つまらないコメントですが、これが常識ってもんなのでした。

ところが、これを目にした瞬間に、目が、心が♡状態になっちゃったのが、あの柏木くんだったのです。心にキューピッドの矢をもらっちゃった彼は、この日から恋に狂ってしまいました。

そしてとうとう三宮さんの部屋へ入り込み、思いをとげ、彼女を身ごもらせてしまったのです。

かわいそうな三宮さん。彼女は柏木なんか好きじゃなかったと思います。誰がいきなり襲ってきた男なんか好きになれますか？「夫」である光サンだって彼女から見ればただのオジサンだし、本当に愛していたのは、お父さんの朱雀さんだけだったと思うなあ。

おバカな柏木くんは、結局光サンの、

「トシはとりたくないもんだねえ、君たち若い者からバカにされてさ……」

というイヤミと強烈な眼光を浴びたあげく、病気になって死んでしまいました。

光サンは、若き日のアヤマチの報いをこんな形で受け、愕然《がくぜん》とするのですが、一方で若者たちの無防備さ、愚かさを腹立たしく思うと同時に、憐憫《れんびん》の情も感じるのでした。

さらに、もしかして父上は、あのことをご存じだったのでは？　とも思わずにいられませんでした（口絵④柏木　三）。

不義の子を出産した三宮さんは、生まれて初めて、そして生涯に一度だけ、自分の意志を表に出しました。

「私、出家します」

出家という行動が何を意味するかは、現代の私などには理解できないのですが、生きながら死ぬ、世俗の楽しみを一切断つ決意を表すのだろうと思うのです（実際はそうでもないみたいだけど）。

それまで冷淡な夫であった光サンは、必死になって止めました。

「何てこと言うの。君はまだ若いじゃないか。まだ夫婦になって少ししかたたないというのに」

この白々しい言い方に、三宮さんは理性であらがうより、「いやだ、こんな人」と全身全霊で反発したのではないでしょうか。

そんな娘のところへ、朱雀さんがやって来ました。光サンは実父なら出家を思いとどまらせるだろうと思ったのですが、結果は逆でした。

「この子は生まれて初めて、自分でこうしたいと言っているのですよ。どうかかなえさせてやってください」

朱雀さんもまた、いつもの優柔不断な態度とは違っていました。それには、自分の見込み違いを責める気持ちもあったかもしれないし、期待とは裏腹に、良き夫とならなかった義弟を暗に責めたい気もあったかもしれません（口絵⑤柏木 一）。

朱雀さんという人を考えると、このときの彼の言動には何か感動させられるものがあります。だれがかわいい娘を出家などさせたいものですか、けれど俗世にいれば、さらに身の置き所がないだろうということを、いやというほどわかっているから、言ってるんですね。

もちろん、個人的な努力の結果とはいっても、日の当たる道を歩き続けてきた光サンに対して、常に人に流され、わき道へ追いやられてきたのが朱雀さんでした。いわば勝ち組と負け組です。

結果としてみると、朱雀さんは一番最後に、血を分けた娘を刺客《しかく》として、王者光サンにとどめを刺したってことにならないか、と考えたりするのです。

光サンの「もち月」は、これから少しずつ欠けていく……。

コメント

○ミイ

今日の巻を読んでいたら、大津皇子《おおつのみこ》を思い出しました。

弘徽殿女御＝持統天皇、朱雀帝＝草壁皇子、光源氏＝大津皇子

構図が似てませんか？

持統天皇のすごいところは、息子のライバル（しかも甥）をさっさと粛清してしまったところ。そこまでやれなかった源氏の世界は数百年の間にずいぶんと現代化したものですね。

実は歴史上の人物で一番会ってみたいのが、大津皇子なんです。文武両道、人望の厚い偉丈夫、天武天皇も都の名をつけたわけで、彼に一番期待していたのではないかと。

（話そらしてごめん）

○遼子
壬申《じんしん》の乱の後のお話ですね。まだ天皇というより、「大王」の時代ですか。

確かに大津皇子はカッコいいですよ。持統天皇も悔しかったでしょうねえ、草壁皇子があんなに病弱じゃなかったら、と。確かに弘徽殿・朱雀帝と似たパターンだと思います。

○ヤジロベー
高貴な女性は奥に引っ込んでなきゃいけないとは不便ですねえ。このころの貴族が今のハワイなんか行ったらぶったまげますね、みんなハダカ同然だもの。

○遼子
そうですねー。もしかしたら地獄へ来たかと思うかも。だって地獄の絵にはハダカの鬼がいっぱいいるじゃないですか。天国みたいに言われてるハワイが地獄だなんて！

○キャリママ
女三宮が朱雀帝が放った刺客だなんて！　凄《すご》すぎる解釈です。

つい先日まで受験生だった息子は、現代語訳の源氏物語を読んでいる母をバカにして、「現代語訳はすべて失敗らしいよ」なんて、いっぱしの源氏読みのような生意気をぬかします。でもおかげさまで私も、源氏の世界を楽しめるようになりました。

今、「寂聴源氏塾」を読んでいます。おもしろいですよ！

○遼子

キャリママさん、息子さんと源氏トークなんてステキ。私もこれが終わったら、寂聴さんの源氏を読みたいです。

実はこれを書いてる最中は、絶対どなたの『源氏物語』も開いてないのです。見ちゃったらきっとこんな駄文はおそれおおくて書けなくなりそうなので。

○高二のアッコちゃん

柏木って、確かにおバカですよねえ。やりたいことやっちゃっても、後始末ぜんぜんできないんですから。

それに反して、光サンってやっぱりすごすぎ。不義の子を身ごもらせても、絶対に他人に後ろ指ささせなかったし、しかもその子と藤壺中宮の行く末もきちんと用意してる（もちろん自分の政治的地位も）。なんという精神力か！　とびっくりです。

○遼子

アッコちゃんすごいぞ！　よくそこまで読み込みました。

臣籍降下して、だれの後ろ盾もなくなった一人で宮廷政治の中で生きてきた光サンと、藤原家のおぼっちゃまくんだった柏木くんでは、まるで力量が違いましたね。

巻の十二　そしてだれもいなくなる……

女三宮降嫁という事件によって、幸せになった人は一人もいません。せいぜい皮肉っぽく言うなら、夕霧くんが柏木くんの未亡人、落葉の宮（女三宮の姉）をゲットしたことくらいでしょうか。おかげで彼女からも妻からも嫌われるけど、デリカシーのあまりない夕霧くんは大して気にもせず、ドンドン出世していきます。

能でいえば「序破急」の「急」に当たるような展開を、式部は最後にもってきたのでしょう（あ、この時代はまだ「能」はないんだった）。

この女三宮降嫁によって、最も深刻なダメージを受けたのは、紫の上でした。

事実上の北の方、絶妙のバランス感覚で六条院の女王として生きてきた彼女ですが、実は、親から捨てられた身として、何の後ろ盾もない存在であることが、このことによってはっきりしたのでした。

彼女には、出世して老後を安泰にしてくれる息子も、女御となって帝の子を産む娘もいません。彼女の後ろ盾とは、光サンの「愛」だけだったのです。

並みいる女君たちは、内心どう思っていたのだろう？　心からの同情や光サンに反感を持つ人もいたでしょうが、「いい気味！」「これであの人だって、one of themじゃない」と思ってた人だっていたことでしょう。

そういうことは式部の文章が「こうだった」と書いてあるからといって、字義どおりには受け取れないだろうと、私は思いますね。もちろん、ちゃんと匂わせてはいますけど。

紫さんは、そういう状況の中でも必死に自分を律していました。同情を装って陰でほくそ笑むような他の女性からの文に対しても挑発に乗らず、子飼いの女房たちの不平もたしなめつつ、ひたすら夫を立て、宮家の姫君の降嫁を寿《ことほ》ぐ態度をくずさないのです。かつてかわいいヤキモチ焼きだった紫さんは、このたびはそんなことを言ってる場合でも成り行きでもないことを、真底理解していたのでしょう。

いわば命懸けの勝負だったのです、女人として、人間として。

そしてご降嫁。

光サンは楽しみにしてたわりにぜんぜんつまらない「ガキ」だった新妻に失望し、その反動で紫さんをまたも見直し、ますます惚《ほ》れ直します。しかし紫さんの気持ちとしてはどうだったんだろう？

私は、それでうれしがるほど心の浅い女性ではなかったと思います、紫さんは。

女三宮がお眼鏡にかなうような女性だったら、光サンは臆面もなく通いつめるに決まっているでしょう、そうするのが当然なんだから。

ことほど左様に、女は男の身勝手に翻弄されてしまう、それは身分の上下に関係ないのだ――。「若菜」の巻でしたか、紫さんの胸の内が書かれています。

「女ほどつらいものはない」と。

有名な省察ですが、これは千年の時空を超えて、迫るものがありますね。

紫さんは、自ら女三宮のもとに表敬訪問をすることにしました。形としては恭順の意を示したということになります。

お会いした三宮さんは、光サンが言ったとおり、年齢よりはるかに幼い女性でした。

紫さんは「姉のように」接したとあります。わが子には恵まれなかったものの、感受性も愛情も豊かな紫さんは、心から三宮さんに親愛の情をもって接したのではないでしょうか。丁重にかしずかれてはいても、だれにも理解されない三宮さんの悲しみもわかったのかもしれませんね。

「形の上では私はこの人に地位を奪われた。でも自分はこの人の年齢のときには、ひたすら光サンを信じ、愛されていると疑わなかった。なのにこの人は、こんなに淋《さび》しい目にあわされている、この人のせいではないのに……」

男の身勝手で不本意な目にあっている点では共通項を持つ、怜悧な女から幼い女への哀れみとも共感ともつかないものがあったのではないか……と、私は思うのです。

そしてきっと、三宮さんも、今まで会ったことのない、やさしい年上の女性に慰撫《いぶ》される思いを抱いたと信じたいです。


このころ、自分の養女であった明石の姫が、初めての皇子を産みます。そういううれしいこともある中で、紫さんの体は徐々に死へと向かっていくのでした。

実母の明石の上は、それこそ孫の世話にとかいがいしく過ごしている。けれど赤ちゃんの世話をしたことのない自分は、あくまで脇役《わきやく》。

作家紫式部が、紫の上に子どもを産ませなかったのは、この瞬間を描くためだったのではないか、と私は思います。子のない彼女が全身全霊で愛したのは光サン一人だったのに、すべてが見えてしまった今、もはや彼を無心で愛することはできなくなっていた。

実存主義的に言うなら、彼女は世界にたった一人で立つ、そしてすべてを選択しなければならない、恐るべき「自由」な境遇に置かれたのです（ちょっと西洋風過ぎかなあ？）。「比翼《ひよく》の鳥、連理《れんり》の枝」と信ずるには、あまりにも私は彼から遠く離れてきてしまった。彼の方はまだ「そこ」にとどまっているのだけれど……。

そんな紫さんの選ぶ道は、「出家」以外ありえませんでした。この世にはもう何の未練もない、また死も近い。だからこそ仏の道に帰依して、自分とかかわる人々を見守ろう、それが紫さんの最後の望みだったのではないでしょうか。

光サンは許しません。

「君が出家するなんて許せるわけがないよ。私こそ長年出家したいと思ってきたんだよ？　だけど君をおいてそんなことできないからこそ、まだ俗世にいるんじゃないか！」

光サンには光サンなりの真情があるんでしょう。けれど、紫さんの感じている絶望の深さには、とうてい理解が届かなかったのではなかろうか。

結局、紫さんはその心にほだされて、出家はしませんでしたが、ほどなくみまかってしまいました。

紫さんを失った光サンは、もうすべて抜け殻のようになってしまい、その一年後に亡くなります。ですが、彼がこの世を去ったことは、一切書かれていないのです。ただ「雲《くも》隠《がくれ》」という名のみの章があるだけで。

これがもし、本当に何も書かれていない章だったのなら、なんという斬新《ざんしん》な技法かと思います。

紫の上って、菩薩《ぼさつ》のような女人だなあと思うのは、私だけでしょうか。

もし式部もそう思っていたのだとしたら、当時の仏教イデオロギー（女は仏になれない）に対して、大きなオブジェクションを唱えたのだと思うのですが、いかがでしょうか。

コメント

○キャリママ

源氏物語を読むまで、紫の上っていろいろ迷うことがあっても、光サンの愛を一身に受けて、幸せな女性だと思ってたのですが、そうではないことがわかってきました。

「女ほどつらいものはない」と。これは男性に頼って生きるしか経済的手段がなかった時代のことだと思うのですが、今でも男女の性別とは関係なく、他人の愛情や庇護《ひご》に頼って生きる暮らしはつらいと思います。

○ミイ

天空に光り輝く日輪も、やがて必ず落日の時を迎える。われわれのそう大したことない人生も、昼下がりを過ぎ、夕闇《ゆうやみ》の気配が忍び寄ってきているようです。

だけど夕映えってのもあるし、もう一度、茜色《あかね》に染まってみましょうか。

仏教ねー。男は修行を積めば仏になれるとされてたの？　ウソだーァ。

現代のわれわれほど大勢の人間に接したわけではないはずなのに、人の心のありようをかくも見事に描ききった紫式部なのだから、小うるさい世間の常識に合わせつつも、さりげなく反論もさしはさんだのかもね。

○遼子

お二人とも、コメントありがとうございます。

ほんに、生まれたのが現代でよかったーと思いますよね（平安時代に生まれたって、どうせ庶民なんだから、あんまし関係ないか）。

光源氏という人は、母桐壺に死なれ（捨てられ）、面影を持つ藤壺を慕いつつ傷つけ、その縁につながる紫の上を支配し……と生きてきたけれど、結局は紫の上は遠いところへ行ってしまう――んですよね。

「行かないで！　捨てないで！」と騒いで出家だけは阻んだけれど、「死」までは避けられなかったもん。

この世の栄華も、心に空いた穴をふさぐことはできなかった。

「あなたがた男は、この世の栄華もあの世の成仏も手に入れているつもりかもしれないけれど、ほんとは何ひとつ確実なモノなんてないのよ」

と皮肉にほほ笑む式部が、私の目に浮かんできます。今夜の酒はほろ苦い。

巻の十三　光サン亡きあと

実は先回終わって、光サンも雲隠れしちゃったことだし、もうこれで終わったことにしよう、と思っていたのです。それでしばらく家を空けていましたら、帰ったとたん、ある友人に言われました、「あの続き書かないの？」って。

「えー？　もう終わったつもりなんだけど私」って言ったら、

「だって宇治十帖がまだあるでしょ」って言う。

まーそりゃそうなんだけど、そんなに人気あるわけじゃなし、そこんとこはまあうやむやに……って思ってたんだけど。

ほかにもそんなことを言われ、「そーゆー態度では『源氏物語』に失礼だ」なんてまで言われると、気が弱い私のこと、じゃあ一応最後までやってみるか、ということに。

だからもうちょっとだけ、おつきあいください。

光サンの娘の明石の中宮の長男が、次の東宮となりました。呼び名は「匂宮」。

この子は光サンの明るい部分だけを受け継いだような、外向的・行動的な若者で、もちろん女好き、そしてあんまり物事を深く考えない人でした。

彼がこの世代のイケメンナンバーワンだとすると、それ以上に人気があったのが、光サンの次男ということになっている、薫くんでした。

彼は性格的には匂宮とは正反対でした。常に思うところ深く、ことに自分とは何者なのか？　という哲学的思考にとらわれている、稀有な若者でした。こういう人は、この時代だと仏教に帰依するらしいんです。彼は生い立ちが複雑ですからねえ。

「匂う」と「薫」という呼び名ですが、これはなんか、薫くんがもともと、えもいわれぬステキな体臭（っていうとなんだか臭そうだけど）の持ち主で、通り過ぎただけで女性がクラクラきちゃうくらいだったから「薫君」と呼ばれるようになったんだって。ミスターフェロモンだね、まるで。

で「匂宮」さんは「負けられるかよ！」って、こっちは常にいろんな香を焚《た》きしめておしゃれしたから、そういうニックネームがついたっていうハナシです。

物語は薫くんを中心に展開していきます。彼はいつまでも少女のような母（女三宮）のお世話をしつつ、女性にはほとんど興味を持たず、早く出家したいと思って暮らしていたのです。ところがひょんなことから、ある年長の友人を得ます。

その友人とは、光サンのずっと年下の異母弟に当たる、八の宮。日の当たらない人生を送った人ですが、霧深い宇治の山荘に二人の娘とともに「聖《ひじり》」のような暮らしをしていました。

薫くんは最初は八の宮とだけ親しくしていたのですが、零落した身で、しかも娘を持っている八の宮さんは、深く知り合うにつれ、薫くんに娘たちの将来を託したい気持ちになったのでした。

では、薫くん自身はどうだったのでしょうか。

実は彼、姉の大君にすっごく惹かれていました。

当世風な美人である中君（次女）に比べると、美人というほどではないのですが、たいへん思慮深く、上品な女性だというふうに書かれています。薫くんはこの女性の人柄に深く惹かれたらしいのです（口絵⑥橋姫）。

八の宮はほどなくして亡くなってしまい、その遺言をタテにとれば、薫くんは姉妹二人とも自分の妻なり愛人なりにすることのできる立場でした。

が、彼はそういうことをしない人でした。心から愛する人とは一緒になりたいけれど、そうでない人とはそういう間柄になるつもりはない。そして、自分が愛していても、相手がそうでないなら、無理強いはしない、というのも薫くんの生き方でした。

そういう点で印象的な場面があります。薫くんはある晩、大君と二人だけの夜を過ごします。けれどふつうの男と違って、彼は大君の意を尊重して、「衣《きぬ》を隔て」たまま朝を迎えるのです。これはけっこうたいへんなことですよ。

大君は本当はずいぶん動揺したと思います。ここまで実《じつ》を通してくれるなら薫と結婚しようか、と。

ただ彼女は、あまりにも「父の娘」であり過ぎた。紫式部自身もそうだったと思うのですが、自分が一体化したいと思う相手というのは「お父さん」なんです。意識の表層では、父親の遺志を継いで、妹を幸せな結婚に導きたい。だから、

「私でなく、中君をもらってください」と、薫くんに言い続けるのです。

けれど無意識の領域では、大君が愛したい人は、父親以外にはなかったのでは？

紫式部は学者の父をたいそう尊敬し、父もまた能力の高い彼女をいつくしんでいたといわれていますが、彼女同様「父の娘」である女性は世の中にたくさんいます。俗に「お父

さんっ子」っていいますね。だからといって父親と相姦《そうかん》する人はほとんどいないし、父への愛情ゆえに独身を通す人もそんなにはいないと思います。

けれども、さまざまな女性を描こうとする式部の試みの中では、あくまでも「父の娘」である自我を貫こうとする女性、大君を具現化したかったんじゃなかろうか——なんて、私は思うんです。

悲しいことに、大君は若くして亡くなってしまいました。

「中君を頼みます」と言い続けて。

だから薫くんは、かわいそうに、生涯で唯一の恋に失恋しちゃうんです。

コメント

○ミイ

母親代わりというほど年も離れていなさそうなのに、妹を求婚者に薦める大君って「変なの！」くらいにいしか印象になかったけど、そうか、ファザコンだったのか、なるほど。

そういえば大君は、はっきりとした意思を持っているように描かれていましたね。

だけど、薫君のような「悩むことが特技」みたいな人は、大君と結ばれたとしても、また何のかのといって悩み始めるんでしょうね。

大君はそういうのが面倒くさかった、または買いかぶられているままでいたかった、ってことはないのかなァ？

○遼子
ほんと、そうですよね、シュミは「悩むこと」みたいな、よくいえば「求道者体質《ぐどうしゃたいしつ》」の薫くんは、どんなに予定調和に達したところで、また悩むタネを見つけることでしょう。

昔、高校の「倫社」の授業でやったなあ、キェルケゴールがそうだったって。

大君も、確かにめんどくさかった、あるいは辛気臭くってやだったのかもしれません。

アタシも薫くんて男はなんかなあ、って思う。友達ならまだしも、恋人やら夫やらっていうとねー。

○キャリママ
私もファザコン説、目からうろこです。

この姉妹は性格の違いがはっきり書き分けられていましたね。

私は、大君だけでなく他の女性たちもですが、亡くなるときの描写に興味をもちました。あまりに繊細で、悩むとすぐ病んで息絶えるじゃないですか、この時代の姫さまはみな、弱っちかったのかなあ。

○遼子
確かにお話の中では、カラダ弱い人多いですよねえ。昔、國學院大學の樋口清之《ひぐちきよゆき》先生（故人）の本を読んでいたら、平安時代は結核の罹患《りかん》率がたいへん高かったとありました。さらに貴族社会では疥癬《かいせん》（伝染性の皮膚病）にかかっている人もかなりいたとか。

だってさー、この時代は今よりかなり寒冷な気候だった上に、暖房設備は乏しいし、おまけに天井が高くて吹き抜け。昼間は寝てて夜活動するという不健康な生活、非衛生的な環境で暮らしていたのが貴族でしょ。一般ピープルの方がよほど健康的だったのかも。

○高二のアッコちゃん
源氏の君に弟がいたんですか、それも相当年の離れた？　桐壺帝もあっちこっちおつきあいしてたんですねえ。王朝の人ってわかんないなあ。

○遼子

そうですよねえ、この展開、まるで取って付けたようなハナシです。たぶん八番目のお子さんで、「宮」とついてるから、母上は身分の高い、もしかして「宮家」の人かも。宇治の屋敷も母方の財産だったのでしょう。

だけど世渡りは下手な人だったから、早くから人生に諦観《ていかん》を持ってしまったのではないかしらね。

巻の十四　恋のフーガ

さて、都から宇治くんだりまで（今なら電車で二十分かそこら）行ったり来たりしてる薫くんのことが、匂宮には気になって仕方がない。

「おまい、何かいいことあるんだろ、あんなところまでしょっちゅう通ってさー」

なんて言う匂さん。キツネ狩りならぬオンナ狩りが大好きなスポーツ、みたいな匂さんに向かってほんとのことを言ったって、信じてもらえるはずがない。薫くんは素直に案内することにしました。

そうすると、匂さんは判で押したように、美人の中君を手中におさめてしまいました。こんな人里離れたところにいる世慣れない姫なんて、こーゆープレイボーイにかかっちゃイチコロです（腹が立ってるので、ついお下品な口調ですみません）。

それでも都のオンナとは全く違う新鮮な女性だったこと、「粗略に扱っちゃダメですよ」とか薫くんに言われたこともあって、匂さんは中君を、祖父の光サンが育った二条の屋敷に迎え入れるのです。なんたって宇治じゃ通うのもたいへんですから。

で、しばらくは二人ラブラブのハネムーンを送ってたわけです。とはいっても、匂さんは中君を正式な北の方にはしませんでした。っていうか、その気はあったんだけどできませんでした。

「だめですよ、いくら宮家の姫だって、あんな落ちぶれた家の娘なんて」

って言う抵抗勢力がいるから。そういうのにさからうほどのタマじゃないし、言っちゃ悪いが深謀遠慮をこらして自分の思う方にもっていく、というアタマもなさそうな人なんで。

しかも正式な北の方としての縁談もきていました。その相手とは、この時期一番の権力者になった夕霧右大臣の六の君。彼女は雲居の雁夫人の娘ではなく、美人の女房が産んだ娘でしたが、いやいやながら結婚してみたら、これがなんと絶世級の美女。

「おあ、たなぼた！」

一方薫くんは、プラトニックな愛の対象であった姉を失っても、その妹はやはりちゃんとお世話しなければ、と思っていました。でも匂宮が引き取ったのだし、妊娠もしていることだから、いろんな意味で大丈夫と考えていたのです。

ところが、そんな中君がいながら権力者の娘に簡単に寝返っちゃう匂さんに対して、薫くんは憤りを覚えていました。

都に移り住んでからの中君を、それまでもたまに訪れていましたが、こんな状況になってからというもの、薫くんの心は中君に対して微妙に変化していきました。

(だって、彼女はボクが父宮から任された娘じゃないか、不幸な目にあわせるわけにはいかない。それくらいだったら、このボクが妻としていけないわけがない。そーだ、その方が絶対彼女のためになるんだ!)

とか思ったのでしょうか？　なんかこの考え方も変ですよねえ。

だけど中君自身はどうなのでしょう？

彼女は彼女で、匂宮に恨み言のひとつもふたつも言いたい気持ちはあったことでしょう。

でも、それにしても、

「私の夫は宮。それ以外の人を思う気持ちはない」

って思ってたはず。だから薫くんが、

「宮は不誠実だから、もっと誠実なボクと連れ添っては？」

なんて言ってきたって、メーワクこの上ない。

でもって匂さんは匂さんで、自分に後ろめたいところがあるせいか、二条の館へ来ると、

「君、薫のこと本当は好きなんじゃないの？」

なんてイヤミを言うんです。ほんとヤなやつだね、匂宮って。

中君としてはほんとうに立つ瀬がないというか、ほとほといやになっちゃったんじゃないかと思います。男女の諸訳《しょわけ》も知らないまま夫婦になったのに、自分の与《あずか》り知らぬところでいろんなことが起こり、その責めだけがこっちへ来るなんて……。まあ、今でもよくある話ではあるんですが（口絵⑦宿木 三）。

でも薫くんは、中君に対する思いがだんだんと募ってきて、どうしようもなくなります。あわや、というところで、物語には意外な転換点が現れるのです。

それは、ある女性が中君を頼って上京してきたというハナシなのでした。

その女性とは、実は腹違いの妹。彼女は、父の八の宮が召し使っていた女房に産ませた娘で、非情なことに認知をされなかったのでした。

でも母親がなかなか生活力のある人だったらしく、コブ付きの身で夫をあつらえ、その人に従って地方へ下って行ったというのです。それは常陸《ひたち》の国でした。この時代としては、どんなに遠い場所だったことでしょう。

お母さんは、夫との間にも子どもを何人か産みましたが、宮との娘だけは「尊い方のお胤《たね》」として、ちょっとお扱いを変えていたようです。

夫はどうだったかというと、幸いあんまり気にしない人だったみたいです。

この娘を巡って、運命はさらに二転三転、さながらザ・ピーナッツの「恋のフーガ」（古っ）の様相となってきます。

どんな娘なんでしょう、その子って！

コメント

○高二のアッコちゃん
「八の宮」ってひどーい！　ちっとも「聖」じゃないじゃないですか！　いくら使用人だって、自分の子どもを産んだ女性にはちゃんと養育費とかあげるべきでしょう？　何をえらそうにしてるのか、腹が立ちました。

○遼子
そのとおりだっ‼　全く許せん仕打ちですが、紫式部がこうしれっと書いてるということは、当時はこんなのふつうにあったことだったんでしょうね。今はこんなの絶対にダメですよ。私たちは現代人なんだから。

○キャリママ
えーと、その娘って浮船でしたっけ？

その前に、確か薫さんが中君に迫ったら、妊婦の腹帯を発見して、ふと我に返ってストップしたって場面がありましたよね、妙に私はこの場面に惹かれました。といってもやんごとなき男女の行為ですから、はっきりとはわかりませんが。言い寄ろうとしたら腹帯……。なんだか妙にリアリティあるなあ。

○遼子
正確には「浮舟」です。「船」だとその辺に浮いてるボートみたいな感じしません？（笑）

ほんと、鼻息荒く迫ったら妊婦！　ちょっと引いちゃいますよ、ふつう。

○ミイ

まったくねェ、この時代（つい最近までもか？）の上中流の女性は自己決定権がなくてつらかったでしょうね。

選択肢がありすぎるのもまた悩みのタネなんだそうですけど。

○遼子

ミイさん、あなたのような方なら、どんな時代に生きてたってガンガン自分の人生を切り開いていかれると思いますよ。

ひるがえって自分はどうなんだろうと省みてみると、たいてい（ま、いいやあ）なんてずるずる来ちゃったみたいな気がしますが。

○マキマキ

ずっとコメントしなくてごめんなさい。やっとＰＣの前にすわれるようになりまして。

実は坐骨《ざこつ》神経痛になっちゃったので。いや〜〜、ほんっと痛かったです。通常の仕事などは休まざるを得なかったけど、おかげさまで、交換留学で当地を訪れた高校生に源氏物語の紹介をすることができ、良かったです。

○遼子

いやいやタイヘンでした！　でも必ず治りますから、今は辛抱してください。うちの母も今はなんともありませんから。

それにしても国際貢献までなさったとは、素晴らしいことです！　パチパチ

巻の十五　ラスト・ヒロイン

大君・中君の異母妹というのは、コメントに書いたとおり「浮舟」と呼ばれる娘です。彼女は田舎から異母姉の中君を頼ってきました。まあいろいろあるにしても、中君はできるだけのことをしてあげようと思ったのでした。

しかしながら、中君はこの妹を自分のためにも「利用」したんです（あんまりかなあ、でもそうなんです）。なぜかというと、自分に言い寄ってきそうな薫くんの目をそらしたかったから。

それというのも、なんと浮舟さんは、大君に瓜《うり》二つの容貌だったのでした。だもんでその計画はばっちり！　薫くんは、亡き大君とそっくりの浮舟を、なんとしてもわがものにしたいと思ったのです。

でも薫くんはいいとして、問題なのは浮気者の匂宮。こちらからは離しておかなければと、中君は自分のためにも、浮舟のためにも、そして薫のためにも思ったのです。

それは薫くんも同じでした。

ところで、この浮舟という女性についてなんですが。

彼女は宮様の落とし胤とはいえ、認知されたわけではなく、都からはるか離れたところで育っています。性格は素直で学習力もあったとしても、この段階ではそれほど教養もなく、都の貴族とまじわれるようなセンスなんてとても無かったことでしょう。物語を読んだ限りでは、口数も少ない、大人しい女性です。

が。私はどうもこの女性は、彼女自身は全く自覚していないにもかかわらず、「魔性」というか、男を引き寄せずにはおかない何かがあったと感じるんです。これって、他の登場女性には全く感じられないんですね。

なぜそう思うかというと、薫くんは確かに浮舟さんに魅《ひ》かれましたが、それはあくまでも大君に似ていたから。大君を愛したときのような、相手の人間性への尊崇のような気持ちはなく、面影を偲ぶようすが、あるいは形代《かたしろ》としてです。

さらにいうなら、いくら顔が似てても浮舟さんには、おちぶれたとはいえ宮家の総領娘として持っていた大君の気品、風格はなかったと思います。そういうものにこそ、薫くんは惹かれたはずなのに。

そして、確かに薫くんは浮舟さんのことをちょっと見下した目線で見ているのです。いわばペットとしてほしがるみたいだといっては言い過ぎでしょうか。

理性の範囲でかわいがろうとした浮舟であったはずなのに、薫さんはそのうち、どうしようもなく浮舟さんに惹き付けられていきました。これは大君に対する思いとは全く違うものだったのではないでしょうか。

それはともかく、薫さんは浮舟さんを囲うために、少しずつ準備をしていきました。彼らしくスロー・バット・ステディですね。

あ、このとき薫くんは、それなりの地位に見合った結婚はしていました、別に愛していた相手ではないんだけど。だから囲い者にするしかなかったんです。


片や匂宮さんは、何かと世間体をはばかるふうの薫くんとは全く違って、奔放この上ない男でした。ま、暴走族といってはなんですけれど、薫にはないエネルギーを持った王子様でした。父親は帝にしてはコワモテに近かったし、ジイサマは光サンだしってことで、まー行動力（オンナ狩りへの）あり、手練手管《てれんてくだ》あり……。

だもんですから、あるとき中君をたずねて二条院を訪れた際、隠れていたはずの浮舟さんを垣間見てしまい、

「ウワーォ、なんちゅういいオンナ！」

って、あっという間にさらっていってしまったのです。

浮舟さんはこのとき、まだ男性を受け入れたことはなかったことでしょう。なのに手練れの匂さんにやさしく導かれたせいで、一夜にして女性として開花してしまった！

彼女の内なる魔性は、まず相手を蕩《とろ》かして虜《とりこ》にしてしまう。だからこの後、匂宮も浮舟のあとを執拗《しつよう》に追いかけるんです。

ただ、もっと怖ろしいのは、自分自身も、このままいけば地獄へまっしぐら、とわかっていてさえ、抵抗できなくなるほどの「魔力」を持っていたらしいんです（見てきたみたいにいうね、ワイドショーじゃあるまいし）。

「霊肉《れいにく》の相克《そうこく》」という、西洋近代的なコトバがあります。平たく言えば、本能的な欲望とそれに打ち勝ちたい精神が、一人の人間を引き裂いてしまいそうになること。

「浮舟」とは、紫式部は、そんな言葉ができる以前に、そのつらさについて、小説の中でずいぶん早期に描いた典型だったのではないでしょうか。

似たようなお話に、「アベラールとエロイーズ」*というフランスの実話がありますが、『源氏物語』の方が一世紀ほど早く書かれています。

頭では薫さんの理路整然としたプロポーズにイエスと言えば、「けっこう幸せに生きていける」ってワカル。だけどあのとろけるような体験をさせてくれた匂宮にも、どうしようもなく魅かれる……。

やっぱレディコミの元祖ですかねー。

実は私、『源氏物語』中で、この浮舟って一番好きな女性なんです。

匂宮との一夜を明かした彼女は、申し訳なくてもう薫のところへは戻れないと思います。でも薫さんはそれでもいいという。申し訳ない、ありがたい、と思いつつも宮のこともあきらめきれない浮舟は、とうとう宇治川に身を投げます（口絵⑧東屋 一二）。

何もそんなに真剣になんなくたっていいじゃん、テキトーにやってりゃオイシー人生送れんじゃないの？　っていう私やアナタは底が浅い。

それができなかったから、浮舟さんは死を選んだのです。

でも助かっちゃった！　生きちゃった！

しかし一度死んだ彼女は強くなりました。初めて「自我」というものが身内に芽生えたのでしょう。「愛してくれる」他人の言うことに従って生きていく、あるいは身内に宿る理性ではどうしようもない魔物に左右されて流される――そういう人生とはもう自分は縁を切りたいのだ。助けてくれた人に不義理になったたっていい。私は私の人生を歩んでいく。頼りない浮舟であっても、それを操るのは私自身なのだ――。

読者としての私には、ほとんど貴族しか登場しないこの物語の中で、数少ないいかなり下級の、あらかじめ与えられているものの少なかった女性の中から、自分で自分の運命を切り開いていった（いくであろう）彼女の姿が、終わりにふさわしく印象に残るのです。

ついでに、蛇足としか言いようがありませんが、この最後のシーンを読み終えたときって、必ずシューベルトの「未完成交響曲」の第二楽章の最後が頭に鳴り響きます。もしかして、ほんとはまだ続くのではないかと――。

コメント

○ミイ

朝一番でズーンと来ました。

八の宮三姉妹と、薫、匂宮でテレビドラマになりそう。今どきの役者だったら誰がいいかな。

長いこと楽しませてくれて、どうもありがとうございました。

○キャリママ

浮舟は入水する前と後ではほんとうに変わりますよね。自分自身に新しい軸ができた強さを感じます。

源氏シリーズ、最初は内容がわからないこともけっこうあったのですが、抄訳でも読んでいてとても楽しめるようになりました。

遼子さん、ありがとうございました！

○高二のアッコちゃん

最後まですごくおもしろかったです。最初は「えー、まさか」とか「そんなわけないでしょ」と思ったこともありましたが、いったん遼子さんのような目で見ると、だんだんわかってくるような気がしました。

印象に残ったのは女三宮です。最初は「なにこの人、バカみたい」って感じてましたけど、どうしようもなく孤独だったんだなと思って、そんなふうに切り捨てていた自分が恥ずかしくなりました。紫の上は本当に思いやりの深い女性ですね。

いろんな源氏物語を読んでみたいと思います。

○ヤジロベー
時々しか書きこみしなくて、バカな質問ばかりしてすみませんでした。でも僕も最後まで読んでました。だれかさんが言ってたけど、これ読んだら、源氏物語読んだ気になっちゃうって、正直僕も思っちゃいました。それじゃいけないって、わかってますけど。

○遼子
みなさま、これまで読んでいただき、またおもしろいご感想をいただき、本当にありがとうございました。最初二、三回で終わるだろうと思っていたのに、こんなに続くとは自分でも思いがけない展開です。

若い方の中にもお読みいただいていたのは、正直すごく意外でした。そしてうれしいことでした。

「これ読んで全部読んだ気になる」方へ。

そう言ってくださるのはありがたいですが、この長い物語には、何倍もの人物が出てきて、何百倍ものつっこみどころが満載なのですよ。それを知らずして読んだ気になるのは、もったいないと言うか、大損だと申し上げておきましょう。

ではお名残惜しいけれど、これでひとまずさようなら。


*「アベラールとエロイーズ」…十二世紀のフランス。名高い哲学者のアベラールは、教え子の美しいエロイーズを誘惑し、子まで生《な》す。エロイーズはその後女子修道院副院長になるが、アベラールへの思いを断ち切れず、懊悩《おうのう》する。二人の書簡は今に残る。

あとがき

この一連の文章は、数年前にあるSNSで書いたものです。

私は小学六年のときに初めて、子ども用『源氏物語』を買ってもらって読んだのですが、その後いろんな現代語訳を読んで、「こんなふうに思った」ということを約半世紀後に、手前勝手に書いたってわけです。

ちなみにだれの訳を読んだかというと、高校時代にまず谷崎潤一郎訳。これは六本木のS書店でアルバイトをしていた友達に、一割引きで買ってもらいました。箱入りの立派な本で中身も格調高くて、いかにも「『源氏物語』読んでます」って感じでした。

次に学校の図書室で、与謝野晶子訳を借りましたが、あまり印象がありません。

三、四十代になってからだと思いますが、田辺聖子版を読みました。とてもわかりやすくて、さすがお聖さん、と思った記憶があります。またパロディ版『私本・源氏物語』の方もおもしろくて、何度も笑っちゃいました。

アクロバティックというか、スリリングだったのは橋本治『窯変 源氏物語』（中央公論新社）です。光源氏が一人称で語るという形式が、たいへん斬新でした。すべて男の視点で書いてあるのです。

こうした読書体験から、何となく自分の感想文を書き始めたら、なんだかずいぶん長くなってしまったというわけです。

論文などではなくただの感想文だから、どなたかの『源氏物語』を再度読み直して深く考察したりはしないで、すべて記憶の中にある『源氏物語』をもとに、あくまでも自分勝手に書き散らしたものです（なので、いろいろと思い違いもあるかと思います。それについてはごめんなさい、と申し上げておきます）。

そうしたら、感想文の感想文を送ってくださる方々が意外に多くて、それがまたおもしろくて、どうしてもいろんな方に読んでほしい、と思うようになりました。その結果がこの本なのです。つまりこの本は、私だけの作品ではなく、何人かの合作ということですね。

コメントしてくださったのは、最後まで欠かさず伴走してくれた、ミイさん。彼女は小中高の同窓生で、とても鋭い知性の持ち主です。同じくその友達のキャリママさん。いつも新鮮な感想を書いてくださいました。ほかに、仕事友達、飲み仲間のあびーろーどさんも時々お見えになりました。

現在、書家として活躍中のマキマキさんは中学一年のときの同級生。同じ『源氏物語』を読んでいたので、よく語り合ったものでした。無二の源氏ともだちです。

うちの近所の元気な男性、よっちーさんもよくコメントをくださいました。男性は、ここには登場しない方も、SNSでは何人かいらっしゃいましたが、たいてい一度だけでした。その中でサニーさんはユニークな感想だったのと、逆にぺんぱるさんは同様のコメントが多かったので、載せさせていただきました。

大学生のヤジロベーくんは、すごく基本的な疑問を提示してくれて、私も目からウロコでした。高校生のアッコちゃんも、若いのによくコメントしてくださったと思います。また読み取り方もすばらしいですね。

とにかく、いろんなコメントがそれぞれおもしろくて、またありがたくて、こんなに楽しい「遊び」はなかったと思っています。

ところで『源氏物語』の中には、「この人のことも書いときゃよかったなー」と思う人物が一人います。番外編ということで、ちょこっとだけ触れさせてください。

『源氏物語』を読んだら、どうしたって何か言いたくなる人物の一人に、「源典侍」という女性がいます。「げんのないしのすけ」と読みます（つまりこの人も「源」家の筋だということ）。女官の一人ですが、諸芸に造詣が深く、美人だった人ですが、ひとつだけ困った（？）性癖がありました。この人、恋愛依存症なんです、今風に言うなら。ちゃんとしたお相手もいるのに、そして自分はもう初老の年齢だというのに、ティーンエイジャーの光源氏やら頭中将に胸を焦がすんです。それも本気《マジ》で！

で、この二人の若者はいたずら心を出して、このご婦人の部屋で偶然鉢合わせしたようなフリをして、ケンカを始めるんです。源典侍は大感激！　当代きってのイケメン二人が私をモノにしようとあらそってる！　ってね。

帝ですら「色好みだね」とからかうほどのこのご婦人は、この若者たちが中年になってからも、ちょこっと出てきて、その好色老女ぶりを発揮します。

私の勝手な感想なのですが、源典侍には、実際のモデルがいたのではないかと思います。紫式部とほぼ同年代の歌人で、和泉式部という人がいました。この人がとても恋多き女性だったのです。

紫式部は、彼女の歌の才能は認めていたものの、その恋愛依存みたいな体質は好きになれなかったようでした。それで、和泉さんをこのような喜劇的人物として書き込んじゃったのではないかと、ひそかに思ってるわけです。国文学の素養など全くないのに、こんなことを書いたら大恥かもしれませんが、どうぞおゆるしを。

再三書きましたが、これまで本当の『源氏物語』をお読みになっていない方は、私の「なんちゃって源氏」などで満足せずに、これを機会に、ぜひどなたかの現代語訳をお読みください。すごくいろんな発見があると思いますよ。

最後に、この本の出版を勧め、何かと励ましてくださった出版企画部の担当者さん、拙い文章に細かく手を入れてくださった編集部の担当者さんに深くお礼申し上げます。

また、美しいイラストで本文を飾ってくださった手描友禅作家の伊藤知子さんにも深く感謝いたします。

さて、それでは打ち上げとして、今日はさわやかな白ワインをいただきましょう。

山口　遼子

源氏物語絵巻

蓬生

徳川美術館所蔵©徳川美術館イメージアーカイブ／DNPartcom

横笛

徳川美術館所蔵©徳川美術館イメージアーカイブ／DNPartcom

夕霧

五島美術館所蔵〈撮影：名鏡勝朗〉

柏木（三）

徳川美術館所蔵©徳川美術館イメージアーカイブ／DNPartcom

柏木（一）

徳川美術館所蔵©徳川美術館イメージアーカイブ／DNPartcom

橋姫

徳川美術館所蔵©徳川美術館イメージアーカイブ／DNPartcom

宿木（三）

徳川美術館所蔵©徳川美術館イメージアーカイブ／DNPartcom

東屋（二）

徳川美術館所蔵©徳川美術館イメージアーカイブ／DNPartcom

著者プロフィール

山口 遼子（やまぐち りょうこ）

1951年、千葉県千葉市生まれ。
東京都港区立高陵中学校、都立三田高校、早稲田大学教育学部卒。
小学校教諭、のちフリーライターとなる。
日本野鳥の会会員。

著書に『セクシャルアビューズ 家族に壊される子どもたち』（1999年、朝日新聞出版）、『小笠原クロニクル 国境の揺れた島』（2005年、中央公論新社）などがある。

ほろよい源氏ばなし

2024年９月15日　初版第１刷発行

著　者　山口 遼子
発行者　瓜谷 綱延
発行所　株式会社文芸社
〒160-0022　東京都新宿区新宿1－10－1
電話　03-5369-3060（代表）
03-5369-2299（販売）

印刷所　株式会社フクイン

ISBN978-4-286-25627-6